김지희 산문집

# 하얀 자취

이가서
Leegaseo publishing

김지희 산문집 하얀 자취

초 판 1쇄 인쇄일 | 2015년 5월 06일

초 판 1쇄 발행일 | 2015년 5월 11일

지은이 | 김지희

펴낸이 | 하태복

펴낸곳 이가서

주소 경기도 고양시 일산서구 주엽동 81, 뉴서울프라자 2층 40호

전화·팩스 031-905-3593 031-905-3009

홈페이지 www.leegaseo.com

이메일 leegaseo1@naver.com

등록번호 제10-2539호

ISBN 978-89-5864-313-5 03810

가격은 뒤표지에 있습니다.

잘못된 책은 바꾸어 드립니다.

## | 서문 |

"글은 어디서 쓸 거야?"

그 물음에는 늘 촉촉함이 묻어난다. 행락지의 휘황한 호텔에서도, 후미진 골목의 작은 카페에서도, 지방 도시에 자리 잡은 리조트나 작은 숙소에서도 가장 먼저 찾는 공간은 글을 쓸 수 있는 작은 책상이었다. 세계에 존재하는 모든 매력적인 공간에 아주 익숙한 자세로 글을 쓸 수 있는 작고 오래된 책상과 노트 한 권을 두고 싶다는 생각을 했다. 어느 낯선 장소의 타인이 되어서도 요람처럼 안락한 책상과 노트에 글을 이어나가는 달콤한 시간이 허락된다면 하고 말이다. 그렇게 완성된 노트는 종내 내가 무엇에 관심 갖고 살아온 어떤 사람이었는지 자연스럽게 대신해 줄 것 같았다.

화가로 살면서도 글은 그림과 함께 핑퐁처럼 내 삶에 공존해 왔다. 어릴 적부터 사실상 이 둘을 구분 짓는 가벽이 마음에 존재하지 않는 편이 맞았다. 대상을 보고 스케치를 하는 행위와 텍스트로 옮기는 행위는 곧 두 가지 언어를 사용하는 소통의 툴과 유사했다. 스케치로 표현하고 싶을 때는 스케치를 하고, 메모가 유용할 때는 글을 썼다.

스물다섯이 되던 해에 Sealed Smile이라는 그림 시리즈로 화가로서 첫발을 내디뎠다. 눈물을 흘리며 웃고 있는 소녀의 이미지를 그리게 된 먼 어귀에는 고교 시절 읽은 프랑수아즈 사강의 소설 〈슬픔이여 안녕〉이 있었다. 일일이 밝혀내긴 어려워도 고전과 철이 지난 산문, 그리고 소설은 종종 작업의 영감이 되어 주었고, 매일 일기처럼 써내려가는 미욱한 글들은 내 사고와 경험과 작품이 변해가는 과정을 정리하게 해주었다.

컴퓨터 앞에 앉아 있는 지금, 스크롤을 내리니 다시 하얀 화면이 모니터를 채운다. 그림을 시작할 때나 글을 쓸 때나 처음 마주하게 되는 종이의 하얀 여백은 늘 희망적이었다. 그 숨 막히는 여백에는 사실 완성될 작품이 자취를 감추고 있는 것이 아닐까 생각했다. 종이에 물감이 번져나가는 노고 속에서 비로소 종이에 숨어 있던 그림이 완성에 이르게 되듯, 살아가는 일이 곧 그런 것이 아닐까 하고. 그 하얀 자취를 믿고 끄집어내는 것은 각자의 몫이다. 놓아버리면 사라지지만, 성실한 노역을 통해 작품으로 완성될 수도 있는 것. 다른 말로 굳이 번역하면 '희망'이 아닐까 하고 말이다.

대개 젊은 날에는 다가오지 않은 하얀 미래 속에서 희망을 탐색하곤 하지만, 시간에 풍화되어 가며 그 자취를 발견하는 일에 무뎌지곤 한다. 하지만 해가 갈수록 더욱 선명하게 그 희망의 흔적을 발견하고 끌어내는 사람 편이 되고 싶다고 생각했다.

이 책은 그림을 그리며 일기처럼 써내려간 몇 년간의 기록이다. 화가이기 이전에 한 여성으로서, 보통의 인간으로서 화장을 지운 하루의 민낯과 그 설익은 표정들이 실려 있다. 그림을 그리면서 사유해 온 시간들과 평범한 날을 낱낱이 모아 나의 그림을 사랑하는 사람들과 나누고 싶었다. 덥고 습한 하루의 기록들. 그 틈새에서 비슷한 시절을 보냈거나 보내게 될 당신의 희열이, 눈물이, 웃음과 행복이, 후회와 기쁨이 비집고 나올 수 있기를 바랐다.

무엇보다 나와 짧고 긴 여행을 동행하며, 어디서든 글을 쓸 시간을 기껍게 허락해준 고마운 남편 Y에게 깊은 존경과 감사를 전한다. 다양한 공간을 여행하며 경험의 양분을 심어주고, 나에게 글을 쓸 수 있는 책상을 물어주고, 매일 하루만큼 그린 그림을 궁금해하는 당신이기에 나는 마음의 불편함을 거두고 이 행위를 지속할 수 있었다. 그리고 양가 부모님, 스승님들, 지면에 다 쓰지 못한 많은 분께 고마움을 전한다.

언제까지 노트를 펼쳐 이 까닭 없는 탐색을 이어갈지 모르겠다. 다만 마음이 정체하지 않는 한 내 여정은 기록되리라. 지나는 시간을 그리워하여 그리고, 창조하고자 하는 욕망은 결국 예술의 본령이 아니던가.

어느덧 집안 깊숙이 들어오는 그림자가, 이제 작업실로 들어갈 시간임을 알린다.

봄이 움트는 2015년 5월

김지희

# Contents

## 01 선황鮮黃 – 보통의 기품

## 02 지분脂粉 – 가장 아름다운 시절

## 03 백록白綠 – 오래된 서재

## 04 양홍洋紅 – 영원한 그리움

## 05 호분胡粉 – 하루의 민낯

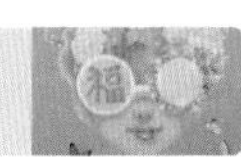

**Sealed Smile**
2014. 장지에 채색, 72×60cm

# C·h·a·p·t·e·r 01

# 선황 _ 보통의 기품

# 노란 소설

짧은 한숨을 내쉰 여자는 붓을 놓고 작업실 밖으로 향한다. 온종일 실내에서 그림을 그리다 보면 테라핀 냄새에 머리가 어지럽다. 자정이 다 된 시간이었지만 바깥 공기를 마시고자 길을 나선다. 여자에게 작업은 시지프스의 노역과 다를 바 없었다. 변변치 않은 형편의 남자와 결혼한 아내는 남편이 벌어 온 생활비를 쪼개 그림을 그리는 것조차 눈치였다. 작업실을 화실로 바꾸거나 학교에 나가며 그림으로 생산적인 활동을 해보면 어떻겠냐는 남편 말에 섭섭하다며 눈물을 글썽였지만, 마음 한쪽에는 별다른 수익이나 즐거움을 주지 못하는 작업을 그만두고 싶다는 생각이 그녀 역시 있었다.

질서없이 뻗어 나간 골목을 멍하니 파고들어 가다, 불빛이 시끄러운 한옥 한 채를 보게 되었다. 다가가 문

틈으로 엿보니 얼핏 시장 같아 보였다. 오래된 나무 대문을 열고 들어가자 이제까지 본 적 없는 독특한 풍경의 시장에 손님들이 가득했다. 스코틀랜드 전통 의상과 비슷한 옷을 입은 상인들, 좌판에는 생경한 이름을 가진 짐승의 눈이라든지, 드라이아이스를 넣은 것처럼 연기가 피어오르는 음료와 옻칠을 한 보석상자 등을 팔고 있었다. 오로라 색 음료에 눈길을 빼앗겨 주머니 속 현금을 확인하며 상인에게 물었다.

"이거 칵테일인가요? 얼마예요?"

"이건 타나토스라는 약이에요. 먹으면 눈물이 다이아몬드로 변하지요. 돈으로 살 수 있는 게 아니라, 손님이 가지고 있는 재능과 교환하는 거예요."

말이 되지 않는다고 생각했지만, 목이라도 축이고자 선뜻 그림 그리는 재능을 팔겠다고 말했다. 그리고 평생 그려도 다이아몬드 가루만큼의 가치도 주지 못하는 이 행위가 차라리 없는 게 낫겠다고 생각했다. 상인은 주술을 외우듯 중얼거리며 머리 위에서 손을 움직였

**Sealed Smile**
2015. 장지에 채색. 72×60cm

고, 여자는 달콤하면서 매력적인 맛의 타나토스를 한 번에 들이켰다.

집으로 돌아온 며칠 후, 여자는 눈가에 맺힌 유리조각 같은 알갱이에, 정말로 눈물이 다이아몬드가 되는 마법 같은 일을 체험했다. 벅찬 기쁨에 입꼬리가 올라갔다. 이제 남편의 눈치를 볼 일도 없고, 누구보다 편안하고 쉽게 영원한 부를 누릴 수 있었다.

다음 날 여자는 슬픈 영화를 보고 눈물을 흘렸다. 1캐럿의 다이아몬드 6개를 얻었고, 여자는 다이아몬드를 팔아 백화점에 들러 두꺼운 질감의 악어가죽 백과 탐스러운 모피를 샀다. 그날 밤 여자는 남편에게 체험담을 들려주고 살짝 눈물을 보이며 눈에서 다이아몬드가 만들어지는 것을 확인시켜 주었다. 한동안 놀라서 입을 다물지 못하던 남편은 이내 여자를 끌어안으며 속삭였다.

"그렇다고 너무 많은 눈물을 흘리지는 마. 그리고 위험하니까 다른 사람은 알게 하지 마."

그날 이후 여자는 더 좋은 핸드백을 갖기 위해, 더 넓은 아파트에 가기 위해 눈물을 흘렸다. 슬픈 영화를 보고 슬픈 책을 읽고 어두운 방 안에서 종일 눈물이 나올 때까지 감정을 적셔 가며 눈물을 만들어 냈다. 남편은 여자의 눈물로 갖고 싶었던 차를 손에 넣었다. 차를 좋아해서 평소 로망으로 간직했던 이 슈퍼카만 있으면 더 이상 갖고 싶은 게 없다고 생각했던 남편은, 막상 슈퍼카의 반질반질한 가죽 핸들을 잡고 난 후로 억대를 호가하는 시계를 갖고 싶다고 생각했다. 여자를 울려 시계를 산 남편은 근사한 슈트와 오디오가 갖고 싶었고, 또다시 여자에게 화를 내며 눈물을 제조했다. 울지 않으면 세상에 사실을 알리겠다고 협박했다. 남편은 여자가 펑펑 울다 잠이 들면 베개 위로 떨어진 다이아몬드를 환한 얼굴로 쓸어 담아 갔다. 회사일 보다 쉬운 여자를 울리는 일에 몰두한 남편은 곧 직장을 그만두었고, 급기야 여자의 눈물을 탐하며 폭력도 서슴지 않았다.

현실이 울적해질수록 여자는 더 많은 눈물을 흘렸고 더 많은 사치품으로 삶의 허기를 달랬다. 강남의 어느 고급 빌라 펜트하우스에서 여자는 지루한 하루의 공허를 채우기 위해 화판 앞에 앉았지만, 아무것도 그릴 수가 없었다. 머리로 떠올린 이미지가 손으로 전해지지 않고 결국 화폭으로 옮겨질 수 없는 고통. 여자는 또 눈물을 흘렸다.

테라스에서 지상을 내려다보던 여자는 눈에서 떨어지는 보석을 저주하며 채워지지 않는 공허를 잠재우기 위해 영원히 눈물을 흘리지 않는 길을 선택한다.

"평소 우울증이 조금 있기는 했는데… 망상까지 겹쳐 정신 이상 증세를 보이더니 이렇게…."

의사와의 상담을 마친 남자의 얼굴은 세상의 모든 색을 두서없이 혼합해 놓은 것처럼 탁하다. 장례 준비를 위해 여자의 시신을 옮기는 간호사들.

여자의 시신 밑으로 또르르 두 개의 다이아몬드가 떨어진다.

## 결혼, 어설프게 배워가는 것

식을 마치고 이동한 신혼여행지에서는 글을 많이 쓸 수 있었다. 늘 나를 나대로 살게 해 주는 남자는, 내가 그림을 그릴 때나 글을 쓸 때나 함께 있음을 조르지 않고 늘 묵묵히 곁에서 나의 시간을 배려해 주었다. 마주 보기보다 손을 잡고 같은 곳을 바라볼 수 있게 해 주며, 불꽃처럼 다가오기보다는 물처럼 투명하게 스며든 사람이다. 설렘으로 가득했던 나머지 결혼식 날 엄마를 보며 눈물을 흘리지도 않았고, 많은 이들의 축복에 미소만이 번졌다. 연미복을 입고 뒤에서 걸어오는 남편의 모습이 낯설면서 반가웠다. 익숙한 행진에 맞추어 우리는 각자의 삶에서 서로의 삶으로 입장했다.

신혼여행이라는 한정된 시간에 지극히 자연과 가까운 곳에 묶여 있어야 하는 유예의 시간 동안, 정직한 시간의 실체에 마주할 수 있었던 것은 올해의 끄트머리에 찾아온 큰 선물이었다. 태양이 뜨고 지고, 오직 바람과 물이 흐르는 곳에서, 일상에서는 미처 생각하지 못했던 문제들에 가까이 접근할 수 있었다. 그물침대 밑으로 유영하던 물고기, 와인, 낭만적인 기타 소리와 쏟아질 것 같은 별의 향연, 이국의 땅에서 사랑하는 사람과 모국어로 따뜻한 이야기를 나누었던 밤은 오래 잊히지 않을 것 같다.

바다를 보며 돌아보니 처음 해본 결혼 준비며 결혼식이며 어설픈 것들뿐이었다. 나에게 아내가, 며느리가, 나아가 어머니가 될 준비가 완전히 되어 있을 리가 없었다. 그러나 완벽하게 태어난 존재가 없듯, 모든 삶의 문제들이 결국 준비되지 못한 상태로 맞닥뜨리고 배우며 결국 성장하는 것이 아니었던가.

출근하는 남편에게 미안한 마음이 들지 않기 위해서는 한 가정의 일원으로서의 책임감이 필요하다. 남편과 아이가 어떠한 모습으로 성장할지의 대부분의 몫은 나에게 돌아온다. 가정에도 확고한 가치관과 비전이 있어야 가정의 일원들이 저마다 선의를 향한 최선의 길로 순항할 수 있을 것이다.

한편으로는 실감이 나지 않기도 한다. 20대의 나에게 있어 결혼은 일 적으로 20대의 속도를 낼 수 없을 것 같은 일종의 한계점이자, 경험하지 못한 미지의 세계로 통하는 기대한 관문이었다. 다민 면사포에 어우러진 연분홍빛 부케처럼, 예식 이후의 생활이 안락한 행복만을 줄 것이라고 기대하지는 않았다. 오히려 계산된 결과만을 주던 20대와는 달리, 타인과 맺은 가족 관계에서 예측하지 못하게 엉키는 실타래가 있다면, 결혼은 그런 실타래를 풀어나가는 지혜를 일러줄 것이라 믿었다.

한 사람과의 시작에는, 그렇게 유별나게 악을 쓰는 일 없이 본래 태어난 존재의 의무를 거스르지 않고 살아가는 모든 생명을 향한 동경이 투영되었다. 비로소 어른이 되는 지점에서 아주 자연적인 인간으로서, 여성으로서의 모성의 섭리를 느끼고 싶었고, 넓게는 인류를 이루어내는 일부로서 더 많은 역할을 배우고 싶었다.

지나고 보면 가장 많은 것을 배울 수 있던 시간은, 가장 혹독한 시간이었던 것을 기억한다. 달콤한 신혼이 지나고 나면 명료한 하루의 계획이 쉽게 어그러질 수 있고, 때론 나의 하루가 내가 아닌 가족을 위해 헌신해야 하는 고된 시간이 될 수 있을 것이다. 그러나 그 모든 경험이 주는 한 방울의 지혜가 있다면, 하루 몇 시간 일을 못 하는 것을 계산하는 것과 비할 수 없는 깊은 경륜을 가져다줄 것을 믿는다.

바다를 바라보니 새로운 시작의 첫날이 유난히 맑고 깊게 빛나는 것 같다.

## 다음 세대를 향해 달리는 자연의 질서

해마다 11월, 그 시간이 주는 그윽한 풍미는 철 지난 산문집을 닮았다고 생각했다. 모든 풍경을 차갑게 얼려 놓고 숙고하는 계절인 겨울의 문턱. 긴 잠을 준비하는 동물들도 있듯 사계를 보내는 사람에게도 잠시 생각할 겨를을 주는 것만 같다. 11월에 결혼도 했으니 이제는 해마다 11월은 더욱 특별한 달이 되리라. 시댁을 따라, 결혼 후 처음 맞는 가족 여행으로 조상에 인사드리는 성묘길에 올랐다.

영덕을 향하는 겨울은 차가운 계절임에도 묘소에 처음 인사를 가는 며느리를 위한 배려처럼 공기에 햇살을 녹여내었다. 질퍽한 흙을 밟고 올라간 시조부모의 묘 앞에서 두런두런 이야기를 꺼내시는 아버님의 목소리에는 그리움이 배어 있다. 조상의 묘 앞에서 자손은 마음을 맑게 재개한다. 세계를 만들어낸 모성, 부모의 따뜻한 둥지는 여전히 자식들의 마음을 엇나가지 못하게 한다. 그 둥지는 곧 교육이고, 교육이 만든 가치관은 세대가 바뀌어도 부모가 없는 삶 동안 자식의 중심을 지키게 하는 것이다.

유교적인 의식은 늘 위를 향한 예를 중시하는 섬세함이 있다. 번거로운 의식들에는 사실 여러 군데 지혜가 녹아 있어, 서툴더라도 그 번거로움을 가능한 경험하고 시간을 겪어온 의미를 피부로 이해하고 싶었다. 결혼이라는 제도가 없었다면 만나지 못했을 시조부모의 묘소, 찬바람을 맞으며 서 있던 어느 순간 이 얽힌 운명과 인연의 실타래가 신비롭게 느껴진다. 운명을 믿지는 않았지만, 이 만남이 경이롭게 느껴지는 막연한 기별이었다.

한 사람을 만나고 가족을 만들어나가는 서사의 근원은 아주 먼 곳에서 출발했을 것이다. 나와 이 사람이 태어나고 서로 만나 새로운 생명을 탄생시키는 과정, 세월을 거듭할 때마다 확률로 치자면 기적으로도 설명이 어렵다. 그 뿌리로부터 시작하여 내 자식의 존재를 설명한다면, 내 자식은 나의 자녀가 아닌, 아주 오랜 세월부터 인연으로 얽힌 뿌리가 뻗어난 운명의 결정이나 마찬가지다.

자주 하지 못할 짧은 인사를 뒤로하고 산에서 내려오

**Sealed Smile**
2014. 장지에 채색. 90×72cm

는 길, 그날의 풍경은 곧 다가올 미래를 예견하는 복선처럼 기억에 각인되었다. 시조부모의 묘소에서 결혼으로 하나의 세대가 출발함을 알렸고, 나는 곧 다음 세대를 열기 위한 준비를 해야 할 것이다. 결국 가정을 이루고 산다는 것은 끝이 보이지 않는 마라톤이 아니던가. 부모가 온몸으로 뛰어 전해준 바통을 들고, 그 바통을 전해주기 위해 달려가는 여정. 앞을 보고 달리다 보면 부모님의 헌신에는 보답할 겨를이 없고, 내 앞으로 달려가는 자녀가 잘되기를 바라는 애틋한 마음이 앞설 것이다. 내 아이의 작던 등이 아득해지고, 이내 다음 세대에 바통을 넘기게 되면 나 역시 선조의 운명이 그러했듯 작은 터에 묻히게 될 것이다.

뒤를 향해 달릴 수가 없는 것은, 모든 자연적인 것들의 애틋한 질서다.

# 비워지고 비워지는 고요한 풍경

소리도 향기도 없이 언제나 천지는 글자 없는 경전을 펼쳐 보인다.

*– 마쓰바라 다이도 『선의 향기』 중에서*

늦은 여름 짧은 휴가지로 낙점된 안동과 영주에서 과거의 흔적을 추적해 갔다. 부석사의 아름다움은 익히 배워왔지만, 다시 이곳에 오니 또 한 번 감탄하게 된다. 이 높은 절을 오르내릴 때 옛사람들은 어떤 생각을 했을지 고요한 풍경에 생각을 던져본다.

세상의 소음이 닿지 못하는 곳을 찾아 산으로 산으로 올라 그 깊은 고요에 몸과 마음을 맡겼던 것일까. 자연의 소리에 이토록 가까운 절에서, 종교를 초월한 숭고함을 느낀다. 세상 것들과 멀어지고 버리며 최소한의 것들로 존재의 심연으로 다가가는 행위, 그 속에서 비로소 우레와 같은 만물의 이치가 사람을 통하는 놀라움을 경험하지 않았을지.

'비움과 모습 없음과 지음 없음이 둘이라 하나 비움이 곧 모습 없음이요 모습 없음이 곧 지음 없음이라'는 『유마경』의 한 구절, 엄 존자와 조수 선사의 대화에서 조수 선사가 모든 것이 없다는 생각마저 놓아버리라던 말이 머릿속을 맴돈다.

세속에 재단되지 않은 오직 존재로서의 알맹이로, 알맹이인 자연에 섞여 깨달았을 진리에 나는 조금도 미치지 못했다. 그러나 인위적으로 사물을 구획해 놓은 문자에 앞선 마음과 자연의 소통은 오늘의 소란한 도시에 음전한 울림을 주기 충분하다.

깨끗한 자연을 오직 경험할 수 있는, 다시 말해 자연과 절의 구획이 쉽게 되지 않는 고요한 공간에서 아둔한 생각들은 비워지고 또 비워진다.

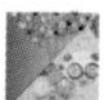

## 행복한 집을 향한 기도

얼마 전 결혼한 친구에게서 전화가 걸려왔다. 달콤한 신혼생활에 젖은 들뜬 목소리로 친구는 결혼생활의 즐거움을 늘어놓기 시작했다. 사실 친구는 결혼의 기쁨보다 독립의 기쁨이 더욱 크다고 했다. 그러고 보니 결혼한 친구의 목소리는 이전보다 활력이 넘쳤다. 하는 행동이며 일이며 일일이 감당해야 했던 부모님의 압력에서 벗어나 자유를 한없이 만끽하는 친구에게 결혼으로 비롯된 '약간의 거리'는 되려 부모님과의 사이를 부드럽게 만든 처방전과 같아 보였다.

전화를 끊고 내가 자란 세대의 일반적인 가정의 모습을 머릿속에 그려보았다. 사실 많은 가정의 모습이 겉으로 보이는 것처럼 썩 아름답지 않다. 학창시절 친구들이 비밀을 털어놓던 밤이면 경제적 위기든 부모님과의 불화든 가족의 문제가 없는 친구들이 거의 없었던 것 같다.

파자마 차림으로 리모컨을 정복하고 TV 앞에 길게 누워 움직이지 않으시는 권위적인 아버지, 남의 남편이나 자식과의 비교로 잔소리가 끊이질 않는 어머니. 크고 작은 결정에 있어 칭찬이나 격려보다 우려가 앞서는 부모님 야단을 들을 때면, 시작부터 사기가 꺾이는 자녀들의 모습이 떠오른다. 사실 듣기 좋은 소리만 하기가 가장 쉽긴 하다. 잔소리를 늘어놓으며 살림하는 아내를 피해 예쁜 외모에 좋은 말만 늘어놓는 '바깥 여자'와 사랑에 빠지는 유부남의 이야기가 흔한 드라마의 전개이듯.

가정이 더 잘 되길 바라는 마음에 싫은 소리를 얹게 되는 심리는 누구나 마찬가지고, 그 잔소리야말로 혹여 잘못되지 않을까 하는 마음에 가족만이 할 수 있는 우려일 테니까. 그러나 사춘기가 지난 자녀들에게 그런 가족의 울타리는 때론 졸업을 앞둔 고등학생처럼 해방되고 싶은 공간이었을 게다.

그런데 아이러니하게도 새 가정의 출발을 알리는 신혼집의 모습은 대부분 희망적이고 따스한 둥지 같다. 나 역시 그렇다. 신록이 푸른 잎을 자랑하는 늦여름 신혼집에 혼수를 들였고, 바스락거리며 붉은 낙엽이 부서질 무렵 결혼을 했으며, 마른 나뭇가지 위에 보얀 눈송이가 앉을 즈음 우리의 결혼 생활도 안정에 들어갔다. 우리는 생애 처음 꾸린 우리의 아늑한 보금자리를 사랑했다. 오직 서로의 공간에서 누구의 눈치도 보지 않고 오랜 시간을 함께 보낼 수 있었다. 틈틈이 집안을 꾸미는 것도 신혼의 큰 즐거움이었다.

퇴근 후 소파 깊숙이 앉은 신랑과 차 한잔을 하며 나누는 대화는 무엇과도 비교할 수 없는 평화이기도 했다. 연애하던 시절보다 안정적인 궤도에서 사랑과 일상을 공유하는 저녁 시간, 매일 밤 그 시간은 행복이라는 절명의 지점에서 잠시 정지하는 것만 같았다.

그렇다. 나의 부모님, 혹은 다른 많은 부부가 시작하는 집의 풍경은 이렇듯 따뜻했으리라. 나와 내 남편이 이렇게 하루의 피로를 말끔히 씻고 심신을 녹이게 되는 따뜻한 집이, 나의 자식들이 태어나고 사춘기가 오게 되면 답답하고 고리타분한, 해방되고 싶은 공간이 될까. 우리도 권위적인 아버지와 짜증스러운 엄마가 되고 향기로운 꽃향기 대신 양이 많아진 음식 냄새와 걱정들이 집안을 뒤

덮을까.

가장의 어깨가 무거워지고, 늘어난 살림 하기 바쁜 어머니와 자녀와의 대화는 줄어들게 될까. 내가 행복해야 아이가 행복할 텐데. 가정을 위한 내 헌신을 자녀에게 주입하며 너의 행복이 나의 헌신임을 토로하게 되지는 않을까. 자녀를 위하는 마음이 혹여 내 욕심의 투영이 되는 일이 생기지는 않을까. 내가 했던 실수를 반복시키지 않고 싶어서, 나보다 더 나은 삶을 살길 바라는 마음이 때론 아이에게 스트레스가 될까. 집의 온기가 어느덧 답답함이 되어 서로의 목을 죄게 될까.

그리하여 내 아이들이 갑갑하게 느꼈던 가정을 떠나 새로운 보금자리를 만드는 날이 오면, 텅 빈 노년의 가정은 주름진 허물처럼 외롭게 마르고, 결국 고독한 내 삶을 돌아보게 할까. 모성으로 자식을 먹여 보내고 스산하게 퇴락하는 많은 가정의 운명이 그러하듯.

이 안락한 공간에서 그러한 가정의 일면을 발견하게 되는 날, 나는 절망할 것이다.

아직은 실감이 나지 않는다. 다만 편한 삶을 향한 사회의 정답에 맞추어 가는, 그 먼 행복을 위한 명분이 적어도 눈앞의 파랑새를 발견하지 못하게 하지는 않았으면 좋겠다. 결국 유일한 삶이란 결과를 위한 여정이 아닌, 순간을 만끽하며 지나가는 소풍일 테니까.

창밖을 보며 내 미래의 가정이 부디 신혼집에 버금가는 따스함으로 서로를 감싸 안을 수 있기를 소용히 기도했다.

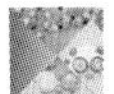

# 시간의 주인공으로 만드는 오렌지색 조명

불꽃의 몽상가는 모두 잠재적인 시인이다. 그리고 불꽃 앞에서의 모든 몽상은 감탄하여 바라보는 몽상이다. 불꽃의 몽상가는 모두 원초적 몽상의 상태에 있다.

*– 가스통 바슐라르 『촛불의 미학』 중에서*

글을 쓰기 위해 오렌지 색 빛이 흐르는 스탠드를 켠다.

밤을 무던히 밝히는 오렌지 색 가로등을 늘 좋아했다. 고개를 숙인 가로등의 모습도, 부챗살처럼 떨어지는 빛의 색도 매력적이었다. 특히 물의 향수가 있는 내게 강변북로에서 바라보는 점등의 찰나는 이국적이며 애틋한 풍경으로 다가온다. 밤이 시작되는 경계를 인위적으로 나누어놓은 시간 앞에 모든 밤의 색은 오묘하게 다가갈 걸음을 머뭇거린다. 가로등 불빛에 땅거미가 섞여가는 다양한 컬러의 신비로움. 코발트 색, 엷은 녹색과 오렌지

**Sealed Smile**
2014. 장지에 채색. 90×72cm

색이 이내 깊은 어둠에 잠식되어 가고 가로등의 불빛은 점점 또렷해진다. 가끔 길 잃은 갈매기가 가로등 위에 앉아 쉬며 풍경을 더 묘연하게 만들기도 한다.

책상에서 스탠드를 켜면, 오직 그 찰나를 잡아채 책상 위로 옮겨둔 것 같다. 어둠이 사방의 색을 죽이고, 나는 오직 빛이 허락한 조명 아래 서 있는 주인공이 된 기분이다. 글을 쓰는 밤의 풍경. 그곳은 조명 아래서 빛이 닿는 곳만이 허락된 유일한 세계다.

침실에도, 글을 쓰는 방에도, 작업을 하는 방에도 작은 오렌지 색 조명이 있다.

조명을 켜는 순간 나는 그 밤의 침묵 속에서 유일한 세상의 주인공이 된다.

# 꽃은 꽃다울 때 가장 아름답다

"사랑의 밤이여, 내가 살아있다는 것을 잊게 해다오."

*– 바그너 악극 〈트리스탄과 이졸데〉*

내가 몰랐던 꽃이 이렇게 많았다는 걸 아침고요수목원에서 알게 되었다. 안개가 조금 내려앉은 날이라 몽환적인 풍경은 아련하게 공기를 감싸 안았다. 별의 형상 같은 목련, 천국을 닮은 꽃밭이 공간을 살뜰히 점유하고 있었지만, 말 못하고 움직이지도 못하는 꽃은 고요하게 흔들릴 뿐이다.

사방이 꽃으로 둘러쳐진 곳이 참 오랜만이었다. 도시에 있다 보면 향유할 수 있는 문화적 대상들이 늘 범람하기 마련이다. 영화나 뮤지컬, 수족관, 동물원, 번화가를 형형색색 수놓은 소품들은 생각할 틈 없이 소비자들의 지갑을 날카롭게 노린다. 지루하면 도태된다는 강박처럼, 공간은 오감을 통해 실감 나게 체험할 수 있게 만들어져 있거나 시각적 재미와 정보를 주기 위한 도구들로 가득하다. 대상을 받아들이고 사색할 겨를 없이 쏟아지는 정보의 소나기를 맞다 보면 그 환각 같은 즐거움 뒤 허무의 씁쓸함을 느끼는 수밖에 없다.

온종일 등산을 해야만 볼 수 있던 풍경을 이제는 리프트를 타고 올라 쉽게 소비할 수 있는 인간에게 시각적 자극의 강도는 나날이 높아져 간다. 자극적이던 뉴스 소식도 자주 듣다 보면 자극적이지 않은 것이 되고, 무서운 놀이기구보다 더 무서운 놀이기구를 타면 이전에 탔던 놀이기구는 다시 무섭지 않은 것이 된다. 타나토스(죽음)의 상태를 지향하는 쾌락의 절정처럼, 더 높은 자극을 통해 무의 상태에 가까워지려는 노력의 일환인 것일까.

고생을 하지 않고도 얻을 수 있는 박제된 풍경에 익숙해진 사람에게, 어쩌면 잔잔하게 흔들리는 꽃 한 송이는 재미없는 대상으로 무뎌진 것은 아닌지. 반나절을 식물원에서 보내며, 이 잔잔한 평화가 아직은 좋은 내 마음이 다행이라 여기게 된다.

모든 생명은 자기가 자기다울 때 가장 올바른 삶을 사는 것이라 했거늘, 나를 알만한 기회조차 부족했던 것은 아니었을까. 감동의 대상과 나 사이에 너무 많은 잡음이 있었던 까닭은 아니었는지.

튤립답게 피어있는 튤립, 장미답게 피어있는 장미를 바라보다 몸이 잘려 화병에 꽂힌 꽃에서 느끼기 힘들었던 생명의 경외를 깨우친다. 안개를 먹고 숨을 쉬는 꽃이 '왜' 피는가에 대하여 잘려나간 꽃은 외면하곤 했지만, 뿌리를 내린 꽃은 그 이유를 알고 있었다.

그래, 가끔은 심심해야 한다. 조금의 심심함이 열어둔 생각의 여지, 꽃답게 핀 꽃처럼 나다운 나를 조금이라도 회개할 수 있는 시간이 고요함의 가치를 웅변한다.

아침고요수목원, 그러고 보니 이름도 참 고요하다.

## 서른한 살의 문턱에서

이제 곧 서른 하고도 한 발자국 더 나아간다. 한 살씩 나이를 먹으면서, 거추장스러운 도구들을 하나씩 걷어 내고 싶다. 가정이 주는 안락함에 등을 뉘어 쉬지 않고 더 부지런히 깨어 있고, 깨어 있는 만큼 맑아지고 싶다. 버리며 비로소 넓어지는 혜안을 갖고 싶다. 날것이 퇴락하는 노년을 맞기보다 풍미가 깊은 술처럼 시간 속에 익어가는 노년을 맞고 싶다. 글이든 그림이든, 보편적인 경험이 주는 영감 속에 타인을 향한 무한한 사랑을 담아내고 싶다.

나 자신보다 사랑할 수 있는 가족이라는 존재와 그 울타리를 책임감 있게 지켜나가고 싶다. 부드러우면서도 단단한 뿌리를 가진 강한 아내이자, 강한 어머니가 되고 싶다. 외형의 아름다움에 집착하지 않고 싶다. 설익은 생각을 비워내고 단맛이 진한 과육으로 내 안을 채워나가고 싶다. 시간이 지난 후에도 과거에 머물러 고집스럽기보다는, 예술가로서 미지의 세계와 새로운 길을 향한 끊임없는 호기심을 갖고 싶다.

이렇게 또 어른이 되어가는 한 페이지를 넘긴다.

# 묵묵히 흐르는 차오프라야

호텔에 짐을 들이니 시간은 자정을 넘어간다. 10년 만에 찾은 태국이지만, 그리운 사물들과 재회하기에는 당시 머물렀던 시간이 지나치게 짧았던 것 같았다. 다만 작은 배를 타고 가로지른 차오프라야 강 만은 기억을 헤집고 나타났다. 어미의 젖줄을 의미하는 차오프라야.

차오프라야 강이 고스란히 내려다보이는 곳에 호텔을 잡은 덕분에, 어느 곳에서든 찾아내야 하는 물에 대한 향수를 원 없이 채울 수 있었다. 강을 보면 늘 가득하고 잔잔해지곤 했다.

어둠이 내려앉은 도시의 야경은 이국적으로 펼쳐졌다. 사물의 못난 면면을 검은 베일로 감싸듯 오직 빛과 어둠만으로 사물의 형체를 어렴풋이 드러내는 어둠. 물결이 받아내는 비늘 칸칸에 현란한 빛을 타고 흐르는 강의 서사를 한참 응시하니, 몽환적인 느낌이 취기처럼 몸을 감쌌고 이내 혼탁한 잠에 빠져들었다.

아침볕에 눈을 뜨기도 전에 강은 먼저 일어나 부지런한 일과를 시작했다. 여행자가 육안으로 보더라도 차오프라야 강은 도시에서 역할 하는 바가 크다. 강은 농작물과 사람의 수송, 관광을 담당하며 생활력 있게 문명의 살림을 꾸려간다. 관광을 위해 탑승한 페리가 관광이 아닌 일상적인 교통수단이라는 것도 특이했지만, 밤이 집어삼켰던 도시의 민낯은 어색할 만큼 낯설었다.

남루한 수상 가옥들에 알록달록 널린 빨래들은 강을 지나는 이들의 시선을 의식하지 않는다. 스러질 듯한 수상가옥들 사이로 가난은 고스란히 노출되지만, 이를 향한 생경한 시선은 행락지를 찾아 여행 온 타인의 불온한 편견이라 느껴졌다.

그렇다. 사람들은 차오프라야를 살뜰하게 공유한다. 곧 도시의 혈관을 흐르는 생명수처럼 강은 제 자리에서 소명을 다해 긴 문명을 이끌고 있었다.

얼마나 많은 이들이 이 강에서 추억을 만들었을까. 얼마나 많은 이들이 이 생명수로 살아가고 일터를 향해가며 세월을 보내왔을까.

차오프라야는 말없이 배를 주린 도시에 젖을 물리고 있다. 제 자리에서 소명을 다하며 말이다. 제 살을 내어 주며 말없이 흘러가는 차오프라야의 묵묵함이 나약한 인간을 숙연하게 한다.

강은 그렇게 추억으로 기록될 우리 기억의 한 그림을 완성하며 유유히 지나갔다.

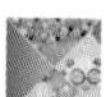

# 진정한 세계화의 의미

아, 동양은 동양이고, 서양은 서양이니, 양자는 만나지 않으리라

*-루디야드 키플링 〈동과 서의 발라드〉 중에서*

태양과 밤의 그림자가 혼재되는 시간, 레만 호를 가르는 배 위로 코발트 색 밤공기가 내려앉는다. 크기를 가늠할 수 없을 만한 호수의 풍경은 동화책 표지처럼 아기자기하게 펼쳐지고 있다. 그림처럼 아름다운 나라. 깨끗한 도시와 광활한 자연이 조화를 이루며 발전한 스위스의 외피는 파스텔톤 캔디처럼 달콤하다. 물살과 싱그러운 바람과 이국의 수런거림이 갑판 위를 밀도 있게 채워나가는 순간, 250여 개국에서 제네바로 날아온 이들이 한 배를 타고 레만 호를 횡단하고 있는 모습이 낯설게 느껴진다.

세계경제포럼 산하의 20대 리더 커뮤니티에 문화예

술 분야 추천을 받은 것을 계기로, 어쩌다 대표직을 맡게 되어 두 번의 스위스행에 오른 차였다. 250여 개국에서 한두 명씩의 회원들이 모인 세계경제포럼 헤드쿼터는 내가 세계를 보는 시각이 얼마나 편협했는지를 깨닫게 해준 곳이기도 하다. 한국에서 세계를 보던 내 시각의 한계가, 세계에서 세계를 바라보는 것으로 확장되었으니까.

한 공간에 모여 있는 모두가 국적이 다르다는 전제는 나에겐 어마어마한 에너지이기도 하다. 팝송 〈Imagine〉의 가사처럼 국가라는 서로 간의 틀을 제외하고 보면 모두가 사람이라는 공통분모만이 남는다. 편견 없이 마음을 열고 가까워질 수 있다. 문득 이것이야말로 세계 시민의 모습이라는 것을 느낀다.

코스모폴리탄이 세계를 자유롭게 횡단하는 만큼, 세계는 그렇게 획일화되어 간다. 같은 맛의 프랜차이즈 커피를 어느 공간에서건 맛볼 수 있고, 같은 이름의 마트를 가고, 같은 브랜드의 제품을 소비할 수 있다. 다국적 기업의 로고는 정복자의 위용을 과시하며 작은 문화를 서서히 말살하고, 대도시들은 카피 앤 페이스트를 한 듯

**Sealed Smile**
2015. 장지에 채색. 90×72cm

흡사해져 간다.

당일 문화권이 된 세상은 sns라는 방대한 그물로 연결되기도 해서, 두 번의 스위스행에서 만난 이들 역시 각자의 일상 사진을 공유할 수 있게 되었다. 어마어마한 물리적 거리에도 불구하고 지구 반대편에 있는 친구의 아침 식사 메뉴까지 훤히 알 수 있는 오늘은 동양과 서양은 절대 서로를 이해할 수 없을 것이라 일갈한 키플링의 말을 무색하게 만든다.

나보다 어린 세대들에게는 더욱 세계는 그리 넓은 곳이 아닌 것이 되어가는 것 같다. 국적마저도 개인의 필요와 행복에 따라 선택할 권리가 있는 요즘과 내가 초등학교에 다니던 20년 전의 '조국'의 의미는 판이하다. 합리적인 세상 가운데, 애국심을 자극하는 광고에 최근 비난의 화살이 쏟아진 것을 보고 짐짓 놀라기도 했다. 민족주의를 강조하는 것에 대한 날 선 비판은 곧 시민 의식의 변화를 반증한다.

시대에 역행하는 것인지, 아니면 서른 해를 한 나라에서만 자랐기 때문인지 나에게는 아직 '조국'이라는 단어에는 가슴을 뛰게 하는 무언가가 있다. 늘 전통적인 것에 관심이 많았고, 여전히 한국 미술의 발전에 작은 힘이나마 이바지하고 싶다. 나도, 많은 작가들도 세계 속에서 더욱 인정받았으면 한다.

그런데 요즘은 애국을 비웃는 시니컬함이 현대적인 것으로 생각하는 사람들도 많은 것 같다. 역사를 거슬러 오르면 민족을 나누는 것이 무의미한데, 애국심에 열을 올리는 이들은 모사란 빈족주의 교육의 희생사들이라 말하던 어느 공중파 피디가 생각난다. 글쎄. 나라를 수호하며 나를 살게 한 선조들의 희생이 그렇게 휴지 같은 거라면, 정녕 뿌리를 외면한 채 오늘의 나 살기만 바쁜 민족에게 어떠한 미래가 있을까. 반만년을 이어 지켜온 우리의 정신적 유산이 정녕 소모적인 교육에 불과한 것인가.

피카소도 조국이 어려울 때는 타오르는 분노를 화폭에 옮겼다. 중요한 것은 오늘 나라는 개인이 행복하게 잘 사는 것뿐 아니라, 다음 세대를 생각하고 민족의 좋은 유산들을 잘 물려주는 것이다. 미술품과 건축에서 자연스러움과 소박함, 무심함이 어우러진 한국적 미의 정수를 느끼는 순간이면 감탄하게 된다.

이런 아름다운 문화가 획일적인 의식에 밟히는 문화 식민지는 동시에 우려스럽기도 하다. 통섭의 시대에 서로 간의 영감이 되어 어우러져야 할 독자적인 문화가 거대한 자본에 잠식되어 가고, 세계화의 미명 아래 무분별하게 의식이 밟히는 시대에 대한 비판은 내 그림에서도 자주 드러난다.

내가 아는 세계화는 내 나라의 문화가 잘 발전하고, 세계 속에서 잘 어우러지고 전달되는 것이다. 세계화를 위장한 타국의 자본이 개별적인 문화를 덮어버리고, 내 나라와 다음 세대를 향한 애정보다 오늘 나만 행복하게 잘 살면 되는 것은 내가 아는 세계화가 아니다.

동대문에 세계적인 건축가 자하 하디드의 실험적인 건축이 우주선처럼 착륙할 수 있을 만큼 한국은 잘사는 나라가 되었지만, 시간이 쌓여가는 우리의 문화도 균형 있게 발전할 수 있었으면 좋겠다. 거리 곳곳에 보이는 과거와 현재의 유연한 밸런스를 온통 시멘트로 뒤덮지는 말았으면 좋겠다. 그렇게 민족의 정서가 손맛이 느껴지는 사물들 사이에서 자연스럽게 흘러나올 수 있었으면 좋겠다.

갑판 위의 소란함이 잦아들 때 즈음 배는 항구에 닿는다. 제네바에서의 마지막 날 밤, 오만에서 온 룸메이트에게 공항에서 사온 한과를 선물해 주며 가볍게 포옹했다.

그리고 더 넓은 곳으로 나아감보다는 내가 온 주소지를 향해, 내가 더 배워야 할 조국을 향해 짐을 쌌다.

# 걱정은 걱정의 방에

찬 연못 위를 날아가는 기러기는 사라진 뒤 연못에 그림자를 남기지 않는다. 이처럼 군자는 일이 일어나면 비로소 마음을 움직여 대응하되 일이 끝나면 마음을 비운다.

*– 채근담*

겨울 영덕 바다는 눈부셨다. 바다를 보면 마냥 기분이 좋아야 하는데 자꾸만 다른 생각들이 바다 풍경을 비집고 나왔다. 최근 일적인 문제가 얽혀 복잡하던 중 하얀 포말 앞에 당장 해결할 수 없는 고민들이 자꾸만 고개를 든 것이다.

문득, 지난 어느 날에 했던 후회의 순간이 기억난다. 정말로 일이 눈앞에 닥쳤을 때, 가장 많이 들었던 후회는 '왜 이러한 걱정거리가 없었던 시간 동안 나는 최대한으로 행복하지 못 했을까' 였다. 돌아오지 못할 그때 그 행복한 순간에 왜 아무것도 아닌 고민을 하고 있었던 것인지.

손가락이 잘렸을 때는 울지만, 손목이 잘렸을 때는 잘렸던 손가락이 아무것도 아닌 게 되고, 팔이 잘렸을 때는 잘렸던 손목은 아무것도 아닌 게 된다고 한다. 사람의 마음이 그렇게 영악하다. 더 나쁜 상황을 겪어야만 현재의 소중함을 인지하는 것이다.

떨어지는 햇살을 잘게 쪼개는 따가운 물결을 바라본다. 그리고 머릿속에 까만색 방을 만들고 문을 만들었다. 그 안에 당장 해결도 안 되면서 소중한 순간을 방해하는 모든 부정적인 생각을 집어넣고 밖에서 문을 잠갔다.

한낮의 바닷가에서, 정해진 시간 안에 누릴 수 있는 타당한 권태 앞에 소란한 잡음이 편안하게 잠재워진다.

내 안에 걱정의 방을 만들었다. 아름다운 찰나를 온전히 누릴 수 있게 부정적인 생각을 가두어두고, 지금 이 순간을 사랑하고 감사하게 하는 방이다.

다시 돌아오지 못할 순간에 얼룩을 만들지 말자 되뇐다. 이 아름다운 바다 앞에서.

## 무한한 바다의 색

"뭐랄까. 몰디브 같은 부드러운 바다색과 비교할 수는 없는 것 같아. 바다색의 아름다움에 보편적인 기준이 있는 건 아니니까. 정말 푸르다."

차창 밖으로 지나갈 때 도로변의 시골집들을 보면 마음이 놓이곤 했다. 시골 길에는 조화로움이 있어 많은 것을 해치지 않고 최소한으로 어우러져 함께 사는 법을 일러준다. 너른 논에 자리 잡은 나지막한 집 연기는 때로 굳어진 마음에 군불을 지피는 듯 따스했고, 바다는 푸른 벨벳처럼 빛났다.

먼 길을 돌고 돌아온 민물이 바다의 품으로 안기는 지점에서는 가슴 언저리가 뜨거워졌다. 온몸으로 긴 여정을 다독여주는 바다의 품에서 민물이 지친 가슴을 녹이는 장면이 모성을 연상케 했다.

바다의 모습은 그렇게 늘 아름답다. 산문이나 소설에서 참 많은 바다의 묘사를 보았던 것이 기억났다. 같은 대상을 보는 작가들의 시선이 흥미로운 것은 그림이나 글이나 마찬가지다. 화가들이 사랑하는 모델을 작가만의 시선으로 풀어내는 것처럼 말이다. 어느 작가의 글에는 바다가 바위에 다치고 멍이 들어 슬픈 푸른 빛이랬고, 어느 작가는 바다가 땅의 체온처럼 부풀어 올라 푸르게 들뜼댔다.

동해를 바라보는 지금, 바위가 늘어진 바다는 진중한 깊이가 있다는 생각을 했다. 민족의 정서처럼 한이 서려 있는 거친 바위와 푸르다 못해 밤의 색에 가까워진 바다, 그 위로 갈매기는 긴 날개를 펴고 공기처럼 가볍게 하늘을 표류하고 있었다.

바다의 색은 사실 그 안을 채우고 있는 알 수 없는 모든 것들이 섞인 것일 게다. 사람이 살아온 시간이 결국 '관상'이라 일컬어지는 얼굴에 드러나듯, 바다도 저마다 채워진 이야기만큼 다른 얼굴을 하고 있을 것이다.

오늘 만난 바다는 진중한 감색의 얼굴을 가진 바다다.

## 보통의 기품

남편과 걷다가, 문득 걸음을 멈추게 한 묘한 향기가 있었다. 기억은 어스름하지만 익숙했다.

"나, 이 꽃 한 다발 선물해주세요."

전시 기간이면 늘 꽃을 한 트렁크씩 받아오는 데다, 한꺼번에 많이 받은 꽃바구니들이 비슷한 시기에 힘없이 시들어 버리는 것이 아쉬워 연애할 때부터 꽃 선물은 안 해도 된다고 했었지만, 유난히 시선이 가는 꽃이 있었다. 화려한 용모도 아니었고, 이렇다 할 개성이 있는 것도 아니었다.

Misty blue, 이름처럼 부옇고 푸른 꽃이다. 하늘의 색이 변해갈 무렵 코발트로 번져가는 찰나를 좋아했었다. 어스름한 도로변에 가로등이 켜질 무렵, 코발트색 하늘과 레몬색 가로등은 늘 조화로웠다. 미스티 블루는 흡사 태양빛이 스멀스멀 도시의 어둠을 흡수해가는 시간을 닮아 있었다. 꽃집 주인은 안개꽃이나 미스티 블루처럼 형태가 없이 흩어진 꽃을 '배경 꽃'이라 불렀다.

'배경'이라는 단어에서 의욕이 느껴지지 않았다. 그렇다고 의욕이 없는 것이 부정적임을 의미하지는 않는다고 생각했다. 방송이나 대학 강단에서 내 지난 시간을 이야기할 때가 많이 있다. 아직 진행 중인 인생의 짧은 행로를 말하기가 조심스러울 때도 많다. 최선을 다한 시간들 앞에서도 이렇게 젊음을 보낸 것을 감히 옳은 것이다, 라고 말한 적은 없었던 걸 기억한다. 모든 개개인의 삶이 만든 가치관은 소중하고, 나는 충실하게 내가 원하는 길을 걸었을 뿐이다. 욕망하는 만큼 노력했고, 그 행보가 나에게 만족과 행복을 주었을 뿐이다.

뚜렷한 색이 없는 게 잘못된 것인가. '배경'이 된다고 해서 잘못되는 것이라고 말하는 세상이라면, 싫다.

다른 꽃을 돋보이게 하기 위해 존재하는 배경 꽃. 잔인한 별명처럼 들리긴 해도, 배경이 있어야 주인공도 있다. 관객이 있어야 화가도 있다. 악을 쓰며 모두 주인공이 되라 하고, 모두가 길을 파헤치기만 하라는 세상은 너무 팍팍할 것 같다. 보통이 가장 어렵다는 말처럼, 모든 관객은 주인공과 같은 무게로 가치 있는, 마주 보는 존재일 뿐이다.

거실 테이블에 키만 멀뚱하게 큰 미스티 블루 한 다발을 꽂았다. 푸르다기보다는 아주 작은 꽃망울의 푸른빛들이 애매하게 빛깔을 내는 모습이 매력적이다. 테이블 곁을 지나갈 때 미스티 블루는 시큼한 잔향을 남긴다. 꽃다발을 꽂아 둔 한참 뒤에야 그 향기의 주인공이 미스티 블루라는 것을 알았을 만큼 한 템포 느리게 은은했다. 향기마저도 꽃을 닮아 있었다.

그리고 가장 마음에 드는 것은, 요란하지 않게 시드는 의연함이었다. 몇 달이 지나도 향을 머금었고 말라버린 것도 드러나지 않았다. 침묵만큼이나 냉소적인 기품이 있었다. 화려하게 피어 시끄럽게 시들어버리는 꽃보다 묵묵한….

말 없는 것들에는 여운이 긴 기품이 있다. 피고 지는 모든 보통 사람들처럼.

## 가장 좋은 시절은 '살아감'이 익숙해지는 오늘

결혼 준비 중 식전 영상을 만들기 위해 지난 장롱 아래에 켜켜이 쌓인 앨범을 뒤적였다. 유년 시절, 중고등학교 때, 그리고 대학 시절. 뭐든 할 수 있는 희망이 더 많았던 학창 시절이 풋풋하다. 눈을 감고 그 시절의 기억을 천천히 복원해 본다. 지금과는 다른 방문을 열고, 옷장을 열고, 책꽂이를 둘러보고, 서랍도 열어보며 기억 속의 사물 사이를 걸으며 그 시절의 나를 경험한다. 이내 느끼는 감정은 '돌아가고 싶지 않다'였다.

설렘이나 아름다움보다 심리적 성숙에 더 만족하리라고는 꿈에도 생각 못 했지만, 공교롭게도 나에게는 스무 살보다 서른두 살의 지금이 사는 모양은 더 즐거워졌다. 무엇이든 처음 시작하는 설렘이 있었던 스무 살보다, 부모님 품에서 먹고 살 걱정은 안 해도 되었던 중고등학교 때보다 현재가 좋은 까닭은 '살아가는 익숙함' 때문이 아닐까 생각했다. 좀 더 가벼워진 마음이 아닐까 하고.

그 시절에는 거대하다고 생각했던 많은 일들이 경험으로 닳고 닳아 생각만큼 큰일이 아닌 것이 되어가는 것. 대입, 취업, 결혼 등 삶 전체를 내 의지와는 상관없이 휘두를 수 있다고 생각했던 칼자루들의 실체가 사실은 내 운명 전체를 결정할 만큼 중요한 것은 아니라는 사실이다. 막연하던 걱정의 실체이기도 했다.

지워지지 않는 상흔처럼 나를 괴롭힐 줄 알았던 거대한 슬픔이 어린 생채기처럼 작아졌고, 사는 것만큼은 OMR 카드처럼 정답이 있는 것도 아니었다. 각자에게 알맞은 온도의 생활이 삶에서는 각기 다른 주관식 답이 될 수 있다는 것을 성인이 되어서 차근차근 경험했다. 학창 시절처럼 개인의 노력으로 1등부터 50등을 줄 세울 수 있을 만큼 세상이 공평하지 않다는 것쯤은 이제 안다. 노력은 성공의 필요조건이지만 충분조건이 될 수가 없어서, 노력한 만큼 결과가 오지 않는다고 핏대를 세우고 하늘을 원망할 일도 없다.

얼기설기 얽혀 있는 상황 가운데 운이 찾아오는 이 불

확실성을 인정하고 나면 타인과의 부질없는 비교에서 한결 편해진다. 노력하며 살아가는 과정이 의미가 있고, 그거면 됐다고 자신을 격려할 수 있는 의연함은 시간이 가르쳐 준 것이다. 그 의연함에는 안정이 있고 만족감이 있었다.

마모되고 마모되어 점점 평온해지는 마음이 좋다. 날선 열정보다는 부드러운 믿음이다. 하고 싶은 일을 오롯이 하기 위해 노력했던 시간들을 지나, 이제는 이전보다 하고 싶은 일에만 빠질 수 있는 순간도.

지금 생각해도 어른들이 했던 가장 큰 거짓말은 고등학교 때가 제일 좋을 때라는 것이었다.

# 석모도, 해묵은 서랍

이제는 잠들어 묘지에 누워 있는 사람이 얼마 전까지도 앉아 있던 그 책상 앞에 자기가 대신 앉아 본 경험을 해보지 않은 사람이 있을까?

이제는 묘지의 성스럽고 신비한 평화에 싸여 있는 사람의 신성한 비밀이 오랜 세월 동안 감춰져 있던 책상 서랍을 열어 보는 것과 같은 경험을 해보지 않은 사람이 있을까?

*– 막스 뮐러 『독일인의 사랑』 중에서*

바다는 때론 책상 서랍 속 유물처럼 비밀스럽다. 켜켜이 출렁이는 물결 속에 숱한 이야기가 영혼이 사는 피안처럼 숨어있을 것만 같다.

작업실에서 대부분의 시간을 보내는 나에게 바다를 향한 짧은 외출은 가슴을 뛰게 하는 일탈이다. 강화도 외포

**Sealed Smile**
2014. 장지에 채색. 72×60cm

리 선착장에서 배를 타고 한 시간 남짓, 철이 바뀔 때면 때때로 찾던 석모도행이 그랬다.

그 바다에는 휴양지 같은 푸른빛이 없다. 굳이 표현하자면 친절하지 않은 가을빛의 혼탁한 안색이다. 인어공주가 거품이 되었을 것 같은 쓸쓸한 파도가 이는 적적한 바다다. 석모도는 늘 11월 같다. 노란 가로등이 켜진 낡은 주택가 골목에서 풍겨오는 냄새와 비슷했다. 그 습한 냄새와 엷은 하늘, 서늘한 해변의 적요가 끝내 여행자의 향수를 붙들고야 만다.

심심한 섬의 땅을 밟으며 조각난 편지들을 맞추는 기분으로 바닷가를 찾아 걸어갔다. 이발소, 슈퍼마켓, 정육점 등 사람 손을 오래 탄 현실은 외려 영화 세트장처럼 현실적이지 않다. 무심하게 놓인 식물들은 비를 맞고 빛의 산란을 겪으며 저절로 피어나는 느낌에 가깝다.

이내 어린 방파제가 발길을 가로막으며, 호박빛 태양을 고요히 익사시키는 수평선에 이르렀다. 오랜 시간 정돈되지 않은 서랍을 열어보는 듯한 시간 앞. 여행자의 날숨과 들숨조차 소음 같다.

고작 한 기슭밖에 살지 못한 시간 속에서 가져온 사소

한 이야기들을 잔잔한 바다가 하나둘 삼키기 시작한다. 태양에 몸을 숨긴 별빛들이 모래알 속에 떨어진다. 풍경은 아직 열지 못한 수많은 미지의 문을 떠올리게 한다.

석모도는 완연한 가을을 닮았다. 짧은 적적함을 뒤로 배에 다시 몸을 싣는 길, 낡은 이 바다는 여러 계절 중 가을이 그리운 날 다시 찾고 싶다.

## 장엄한 자연, 나약한 인간

인간은 자연 가운데서 가장 약한 한 줄기 갈대에 불과하다. 그러나 그는 생각하는 갈대이다.

*– 파스칼*

제천의 물안개를 보기 위해 조금 이른 시간 침대에서 일어났다. 테라스로 나가니 허연 구름의 기둥이 하늘을 향해 고요히 솟아올라 있었다. 물안개라는 것을 처음 보았던 순간, 무력하게도 글을 쓸 수 없었다. 풍경은 언어화되지 않았고 그림으로도 기록되지 못했다. 눈앞의 익숙한 사물들 밖 자연은 너무나 장엄했다. 그 앞에서 나약한 인간의 존재를 깨달았던 것 같다. 아무 생각도 들지 않는 순간이었다.

힘없이 포기하게 되는 순간이라기보다는, 흙에서 태어난 존재로서 자연이라는 아득한 모성을 느끼게 된 찰나

**Sealed Smile**
2014. 장지에 채색. 90×72cm

였다. 인간의 힘으로 어떻게 할 수 없는 유현함은 고작 부분을 보고 사는 내가 받아들이기에는 공허한 그 무엇이었다.

자연의 어둠과는 달리 방안의 어둠은 따뜻하게 느껴진다. 문을 닫은 작은 공간 속 어둠의 온기를 어루만지면 왠지 모르게 아늑했다. 눈앞이 까만 것은 같은데, 자연 속 어둠은 두려웠다. 까만 밤의 크루즈에서 낭만적인 바다를 기대하며 밖으로 나갔지만, 눈에 보이지 않는 광활한 바다에 대한 두려움과 발톱을 세운 파도의 소리가 소름 끼치게 두려워 몇 분도 채 있지 못하고 안으로 들어왔던 기억이 있다. 보이진 않지만 사방이 열려 있는 느낌과 공간의 품에 안겨 있는 느낌은 그렇게 다르다. 자연의 광활함은 다시 말해 미지의 두려움과 일체된다.

열려 있되 보이지 않는 것은 곧 두려움이다. 막연한 미래에 대한 두려움도 그렇다.

자연의 장엄한 묵묵함과 겸손함이 현실적인 내 욕망을 고요히 잠재우고 있다.

## 물의 시선으로 보는 세상

두 사람까지만 실을 수 있을 아주 작은 보트에 등을 기대고 누웠다. 청평호의 강물을 가볍게 누르고 있는 배에 누워보니 물결의 시각에서 세상을 보게 된다. 보트는 힘차게 노를 저어도 물결의 방향을 크게 벗어나기 어려웠다. 사람의 힘으로 자연의 방향을 거스르는 것은 쉽지 않은 일이란 것을 새삼 느낀다. 물결을 거슬러 가는 것은 어려운 일이지만, 노는 연신 땀을 흘리며 물의 저항을 동력 삼아 가야 할 방향으로 몸을 저었다.

어떤 시간에는 거스르기 어려운 것을 기어이 거슬러 가려 했다. 내려놓고 흘러가는 것이 두려웠으나, 그 흘러감이 결코 두려움의 대상은 아니라는 것도 차차 알게 되었다. 거슬러 올라감 자체에 너무 무게를 두었던 것은 아닌지. 삶에도 본능적으로 부력이라는 게 있어 조금 손에 힘을 빼도 최소한 두둥실 떠올라 흘러갈 수 있을 텐데. 힘을 빼면 곧 가라앉아 익사할 것처럼, 놓는다는 것은 참으로 쉽지 않았다.

내려놓고 흘러간다는 것은 열정을 놓는다는 것과는 다른 이야기다. 나는 언제나처럼 열망하고 내 안의 희망을 향해 질주할 것이다. 하지만 그 길에서 넘어질 수도 있고, 실패할 수도 있고, 절망할 수도, 실망할 수도 있을 나를 있는 그대로 내려놓고 싶다. 넘어지는 나를 다그치고 내 부족함을 감추기 급급한 못난 마음 대신에, 그 모든 것이 또한 나임을 인정하는 것. 가시가 돋은 자존심을 강물에 띄워 더 가볍고 편안한 걸음을 갖는 것이다.

오늘은 물의 시선에 누워, 물이 가는 방향을 믿고 흘러가고 싶다. 그렇게 자연스러운 시간의 방향에 몸을 뉘고 싶다.

**Sealed Smile**
2014. 장지에 채색. 130×97cm

# C·h·a·p·t·e·r 02

# 지분 _ 가장 아름다운 시절

## 분홍 소설

탐스러운 과일을 그리는 화가였던 여자는 이웃마을 남자를 소개받고 라벤더 언덕에서 남자를 만났다. 라벤더 물결 속에 서 있는 남자를 보는 순간 스무 살의 여자는 첫사랑에 빠졌고, 이윽고 둘은 라벤더 언덕의 작은 오두막에서 신혼을 시작했다.

새벽을 밝히는 오로라에 눈을 뜨면 여자는 남자가 좋아하는 음식을 정성껏 만들었다. 들꽃 빵과 무화과 잼, 남편이 가장 좋아하는 크렘브륄레와 홍차를 내렸다. 여자가 남편을 위한 도시락을 싸서 레몬색 손수건에 묶을 즈음이면 남편은 졸린 눈을 비비며 식탁에 앉아 스푼을 들었다. 양을 돌보는 남편이 일터에 가있는 동안 여자는 구석구석 집 안을 청소하고, 커튼을 열어 가능한 많은 태양 빛을 집안에 모았다. 저녁 식사준비를 마치면 작은 데

크의 암체어에 앉아 남편의 스웨터를 뜨면서 남편이 돌아오는 모습을 기다렸다. 적자색 물감이 번지는 수채화처럼 하늘이 물들어 갈 즈음이면 남편이 돌아왔다. 남편이 식사를 하는 동안 피곤한 몸을 씻을 수 있는 물을 데우고 피곤한 그의 어깨 근육이 부드럽게 이완되도록 안마를 했다. 별이 떨어지는 시간 남편이 잠이 들면 여자는 그림을 그렸다. 남편의 얼굴, 그리고 라벤더를.

부부는 밤을 흔드는 총성에 잠에서 깼다. 무화과 잼처럼 달콤했던 신혼은 짧았고, 전쟁으로 인해 모든 마을의 남자는 징집되었다. 이른 새벽 라벤더 물결 사이로 남편의 등이 묘연하게 사라질 때까지 여자는 눈을 떼지 못했다. 남편이 멀어질수록 더 높은 곳으로 올라가 남편의 가는 길에 목 놓아 울었다.

1년간의 전쟁이 서서히 끝이 나며 마을 남자들은 하나 둘 돌아왔지만, 남편은 돌아오지 않았고 사망통지서가 담긴 전보도 전해지지 않았다. 남자는 끝나지 않을 것 같던 전쟁 중 다친 다리를 치료해주었던 간호사와 도망치듯 새로운 가정을 꾸렸다.

여자는 매일 남편을 기다리며 돌아올 그 날을 위해 크

**Sealed Smile**
2013. 장지에 채색. 90×72㎝

렘브륄레를 만들고 홍차를 내렸다. 여자가 홀로 사는 오두막의 한 켠은 지친 여행자를 위한 작은 여인숙이 되었다. 라벤더 언덕을 찾는 여행자들이 여자의 식탁에 앉을 때면 여자는 잃어버린 남편의 이야기를 들려주었다. 여자는 남편과의 두 달의 추억을 붙들고 남은 생을 살며 남편을 기다릴 수 있다고 말했다. 그 두 달의 찰나 동안 살아갈 모든 행복을 미리 선물 받은 것이라 여긴다고 했다.

10년이 지나고 20년이 지난 이후에도 여자는 돌아올 남편을 위한 식탁을 차리고, 그리움이 사무치는 날이면 남편의 얼굴을 화폭에 옮겼다. 계절이 바뀔 때마다 무화과 잼을 담그고 가끔은 그림 뒤에 편지를 써서 요정이 사는 강물에 흘려보냈다. 여자의 기다림은 라벤더 빛 시간의 공기를 타고, 오두막을 거쳐 가는 여행자의 빛바랜 노트를 타고 퍼져나갔다.

35년이 지난 어느 밤, 라벤더 언덕 먼 곳에서 천천히 다가오는 남자. 여자는 암체어에 앉아 돌아올 남편에게 선물할 스웨터를 뜨고 있었고, 멀리서도 느낄 수 있는 남편의 어렴풋한 윤곽에 다만 미소를 지었다. 전쟁 중 간호사와 싹튼 사랑이 오래가지 못하고 헤어진 이후 남편은 여러 마을을 돌며 양을 돌보는 일과 남의 소일거리들을 돕고 살아갔다. 외로운 시간이 녹록지 않을 때마다 따뜻했던 지난 추억을 떠올리며 후회를 앓던 즈음, 여행자의 입을 타고 라벤더 언덕의 이야기를 들은 후 용기를 내 집을 찾았다.

누구보다 남편이 돌아올 것을 믿었던 여자는 아무것도 묻지 않고 여느 날처럼 차분하게 홍차와 크렘 브륄레를 만들었다. 35년 전과 같은 별들이 소리 없이 떠오른다. 얇지만 단단하게 굳은 크렘 브륄레 표면을 은 스푼으로 톡톡 두드리자 얇은 설탕 크랙이 바삭 소리를 내며 지나간다. 남편이 한 조각의 크렘 브륄레를 입 안에 넣어 녹이던 순간, 맛은 곧 기억으로 환기되었다. 35년 전의 기억을 단번에 찾아낸 한 조각의 맛은 이내 남편의 눈을 적셨고, 뺨을 타고 흐르는 투명한 체액이 마른 들꽃 빵을 적셔갔다. 별이 떨어지는 밤은 깊어갔다.

새벽의 오로라가 번지는 시간, 여자는 무화과 잼을 저으며 익숙한 아침을 준비한다.

# 추억의 음식

마들렌 과자를 입에 무는 순간 옛 추억 속으로 빠져들었다.

*– 마르셀 프루스트 『잃어버린 시간을 찾아서』 중에서*

마르셀 프루스트의 『잃어버린 시간을 찾아서』에서 주인공은 절망적인 어느 날 우연히 홍차에 마들렌을 적셔 먹음으로써 과거의 무의식적인 기억을 떠올리게 된다. 맛은 종종 추억으로 환기된다. 어릴 적 먹던 불량식품을 파는 리어카는 사실 과자를 팔기보다는, 지난 시절에 짐짓 머물게 되는 추억을 파는 것이듯.

저녁 준비를 하다 맛이 기억하는 추억을 떠올려 본다. 기억이 거슬러 올라간 다섯 살, 최초의 기억에 가까운 곳에서는 명료하게 기억나던 식탁이 있다. 이사 온 집에서의 첫 식사였고, 오렌지 색 조명이 떨어지던 그 가족 식탁은 아늑했다. 사실 다정한 가족 식사의 기억이 많지 않았다. 부모님의 주말부부 생활이 길었던 이유로 자연스럽게 가족이 함께 모여 식사를 하는 것은 그리 일상적은 기억이 아니었다. 그날, 그때 그 식탁의 따뜻함은 분명 가족의 둥지에서만 느낄 수 있는 그런 온기였다. 음식의 뽀얀 수증기가 따뜻한 조명에 섞여 식탁을 감싸 안던 순간을 지금도 기억한다.

그 식탁에서 내 작은 입에 맞게 네모로 썰린 계란프라이가 유독 기억에 선연하게 남아 있다. 이유는 잘 모르겠지만, 그 반찬이 가지는 추억의 맛은 더없이 포근한 가족의 울타리이자 새로 이사 온 집을 가득히 메운 가족이라는 공동체의 희망을 의미했다. 결혼을 하고도 계란프라이를 꼭 그 옛날 모양대로 잘라 식탁에 내곤 했다. 그 네모난 모양에서 따뜻한 추억이 스멀스멀 흘러나와서였는지 모르겠다.

맛이 추억을 기억하기 위해서, 오늘도 나는 추억의 음식을 만든다. 아주 나다운 모양으로, 나만의 레시피로. 내 음식을 먹은 누군가가 어느 우연한 날 나를 닮은 음식을 보고 추억을 적셔 먹는 그런 날이 온다면, 그 식탁이 참으로 소박하고 따뜻한 기억이었으면 한다. 일상적이지만, 어느 순간 특별하게 기억될 사랑의 체온을 느낄 수 있었으면 하고….

그렇게 내 음식이 누군가의 추억이 될 날을 준비한다.

## 오늘, 맛있는 저녁이 준비되었어요

최고가는 좋은 반찬이란 두부나 오이와 생강과 나물(大烹豆腐瓜薑菜)이고 최고가는 훌륭한 모임이란 부부와 아들딸과 손자(高會夫妻兒女孫)다.

*– 추사 김정희*

아침나절 거실 깊은 곳까지 몸을 숙이고 들어오던 햇빛이 어느덧 빠져나가는 시간입니다. 여느 때처럼 라디오에서 하루가 지나가는 시간을 체크 하고, 방에서 그림 도구들을 정리하고 주방으로 향합니다.

기름을 두른 팬을 서서히 달구며 계란물을 젓고 있어요. 계란말이가 흐트러지지 않으려면 계란이 적당히 익었을 때 조심조심 지켜보며 말아야 해요. 다 지어진 고소한 밥 냄새가 뽀얀 수증기를 타고 주방에 가득히 번질 무렵이면 손이 바빠진답니다. 통근하는 직장에 다니지 않아 가장 행복할 때는, 매일 당신께 갓 지은 밥을 차려내어 줄 때인 것을 알고 있는지요.

내가 주는 음식을 깨끗하게 먹어주는 모습은 묘하게도 애틋하답니다. 먹는다는 것은 곧 믿음이니까요. 어릴 적 엄마가 해주는 음식에서 느껴지는 한없는 믿음, 진정 나의 건강을 바라는 음식에서만 느낄 수 있는 그런 믿음. 적어도 정성이 허기진 밥을 먹게 하고 싶지는 않았어요. 내 따뜻한 음식을 먹고 나면 따스한 양분이 당신 몸속으로 스며들어 당신을 더 온화한 사람으로 만들지 않을까요.

식탁 위에 차가운 물과 수저를 올려놓고 반찬을 덜어 담습니다. 바지락이 입을 열면 안개처럼 뿌연 미역국은 혀끝에서 더 시원한 맛을 내겠지요. 오늘은 접시 위에 어떤 메시지를 적을까요. 내가 주는 음식은 불평 없이 깨끗하게 먹는 당신이기에, 고갱의 타히티 풍경화에서 뽑아낸 듯한 무지개색 건강한 재료를 골고루 조리해서 빠짐없이 담고 싶습니다. 소중한 재료들로 그림을 그리듯이, 한 편의 시를 쓰듯이 말이죠. 음식에 담긴 정갈한 마음이 당신의 몸도 건강하고 맑게 해주기를 바라면서요.

날이 많이 춥습니다. 갓 끓인 국에서 올라오는 수증기에 바짝 얼었던 근육이 이완되고, 외풍에 시린 당신의 손과 마음이 녹아내릴 한 끼 식사를 차려냅니다. 입으로 뱉어내는 열 마디 말보다 진실하고 묵묵한 언어를 접시에 대신 담았어요. 하루만큼의 제 감사와 사랑을요.

조선 후기 이견이 없는 천재 추사는 71세의 나이에 〈대팽고회〉에서 기교가 빠진 단순화된 필치로 반찬과 가족을 언급했지요. 재기로 무장된 천재 추사 선생도 결국 순수하고 소박한 시간들이 가장 소중한 행복임을 알고 있었나 봅니다.

고마움을 유별나게 표현하지 않아도, 당신은 마주앉은 이 식탁에서 잔잔한 기억의 한 조각 퍼즐을 끼워낼 수 있겠지요. 당신도 '우리'의 삶이 어느 한 철 갑자기 완성되는 대작이기보다 하루만큼의 아름다운 조각이 이어지는 퍼즐이 되기를 바랄 테니까요. 그리고는 그 작은 퍼즐 속에서 우유 거품으로 만든 백곰 라떼를, 아침을 촉촉하게 깨운 프렌치 토스트를, 접시에 소스로 적어낸 짧은 단어를, 생일상에 끓여낸 시원한 미역국 한 그릇을 소박하게 기억해 낼 수 있었으면 합니다. 각자의 하루가 지나간 이야기들이 따뜻한 음식에 섞여, 어느 날의 고민을, 어느 날의 기쁨을, 어느 날의 웃음을, 어느 날의 눈물을 기억해 낼 수 있었으면 합니다.

그렇게 하루의 조각들을 떠올리고 맞추어갈 수 있다면, 해가 뉘엿한 먼 날에 이르러 우리 매일을 사랑하고 행복했노라고 이야기할 수 있지 않을지요.

우리 삶의 가장 특별했던 순간들이, 결국 당신과 늘 마주앉았던 이 정다운 식탁이었음을요.

**Sealed Smile**
2014. 장지에 채색. 90×72cm

# 카모메 식당

식탁에 바꾸어놓은 그림을 보셨는지요. 맛깔스러운 레시피가 담긴, 스파클링 워터 한 잔처럼 청량한 영화 〈카모메 식당〉의 일곱 가지 색을 뽑아 그려낸 작품이에요. 영화 속 등장인물이 연필로 끄적인 갈매기 형태를 그림에 옮겼는데, 당신은 한동안 너무 유아스럽다고 놀렸지요. 하지만 저는 그 순수함에 유독 눈길이 갔었던 걸요.

식탁에 어울리는 청아한 공기가 주방 가득 번지길 바라면서 오늘 아침 그림을 바꾸었답니다. 하나 바람이 늘었는데, 그것은 계절마다 집안의 그림을 바꿀 수 있는 심적 여유를 갖고 싶은 거예요. 제가 그러지 못하거든, 가끔은 먼저 그림을 바꾸자고 말해 주실는지요.

내친김에 영화에 나오는 먹음직스러운 오니기리도 만들어 봅니다.

음악이든 영화든 책이든 자극적이고 꽉 짜여 있기보다, 늘 들어가서 함께 생각할 여지가 있는 여운이 긴 작품을 좋아하곤 했어요. 직설적으로 내용을 던지기보다는 한번은 돌려 표현하는 것. 그렇게 씨줄 날줄 여유 있게 짜인 명료하지 않은 의미 사이로 내 생각이 침투해 호흡하는 느낌이 좋았지요. 하지만 작고 헐거운 예술영화관 한쪽에 앉을 때면 가끔 졸음을 참지 못하는 당신 모습에 곧 미안해지기도 했답니다. 이번에도 같이 영화를 보자고 하기 미안해서 혼자 본 영화인데, 같이 보았으면 좋았을 것 같은 후회가 들었답니다.

이번 영화는, 소박하면서도 구석까지 사람 손길이 닿은 것 같은 따뜻한 색감이 마음에 들었어요. 식당이라는 공간을 통해 마음을 열고 소통해가는 세 여성의 모습이 독일영화 〈바그다드 카페〉를 연상케 했지요. 식당으로 대단한 돈을 벌고 싶은 욕심도 없고, 때론 되려 위악처럼 느껴지는 자유와 행복을 향한 집착도 없어서 더 마음에 들었답니다.

영화의 시간은 참 느리고 무심하게 가지만, 다만 미량의 감정들이 알맞게 섞여 오전 11시의 햇살처럼 자연스러워요. 정갈하고, 아주 포근한 솜털처럼. 우리 집에도 카모메 식당 같은 청량한 탄산, 상큼한 레몬즙, 햇살 한 줌을 담고 싶은데, 오늘따라 나무에 걸린 햇살이 방안으로 들어오길 머뭇거리네요. 비가 내리려나 봅니다.

부디 노을이 지나가기 전에 오시길, 그리고 오늘을 행복하게 해줄 청량함을 같이 느껴보실 수 있길.

# 오늘 머물고 싶은 위로의 간이역

버터를 녹이고 계란을 풀고 우유를 넣어 젓는다. 오븐을 예열하는 동안 베리를 씻어 머핀을 만들 준비를 한다. 별이 막 반짝이기 시작하는 열한 시, 그림을 그리다 나와 빵을 굽는 이유는 꼭 몸의 허기 때문만은 아닐 것이다. 어지럽혀져 있던 마음의 방에서 공허를 느낀 날이면 종종 그 공허에 달콤한 맛을 채우곤 했다.

마음이 허기진 밤에는 무언가에 몰두하며 허기를 분산시키고 싶어 달콤한 빵을 굽는다.

따뜻한 밀크티와 갓 구운 머핀이 놓인 식탁에서 이야기를 하고 싶다고 했다. 귀 뒤로 머리를 넘기자 아직 젖은 머리가 촉촉하게 샴푸 냄새를 흘린다. 여러 번 물었던 의미 없는 말을 또 묻게 되는 것은 그저 잘하고 있다는 너무나 진부한 위로와 격려가 듣고 싶어서였다. 사실 그

날이 진부했던 것은 일상의 문제가 아니라 무기력해지는 나의 정체가 진부했던 거였다. 다 괜찮다는 평범한 언어에 따스함이 묻어났다.

특별한 사건이 없는 평범한 날이지만 단순한 이야기를 아이처럼 확인하고 싶은 날이다. 익숙한 위로가 그리운 밤에 언어로, 향기로, 부드러운 빵의 체온으로 엉성하게 구멍 난 마음을 채운다. 오늘 밤에는 가슴이 말라버리지 않을 만큼의 습기를 지닌 위로의 간이역에 오래도록 머물고 싶다. 목을 타고 넘어가는 밀크티의 베이지색 체온이 마음을 따뜻하게 보듬는다.

홍차 잔에 흐드러지게 핀 꽃이 내 마음에도 번져갔으면 했다. 밤은 깊어간다.

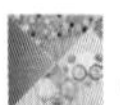

# 그 시절은 지나갔고 이제 거기 남은 건 아무것도 없다

남편과 아내가 있는 상황에서, 그리고 그들의 외도를 알아버린 남녀 모완과 리첸이 '그들과는 다른' 형태로 사랑하는 이야기 〈화양연화〉. 내겐 제도권 안에서 허락되지 않은 사랑을 합리화시켜주는 장치가 고작 육체를 피하는 일인 것인지에 대한 의문을 남기는 영화였다. 법적 안전지대 안에서 서로의 마음을 온통 빼앗겨버린 남녀는 직설적인 화면보다 훨씬 밀도 높은 감정들로 애틋한 사랑을 이어간다. 둘은 오직 사랑을 막 시작하는 설렘에서 멈추어 감정이 익고 익어 터져버리기 직전까지 절제된 사랑을 나눈다. 우린 결백하다는 말은 비겁했지만, 은유에서 드러나는 감정의 조각들은 안타깝게 이어진다.

화면을 지나치는 깊이 있는 장면과 색채는 오래 기억에

남는다. 도시의 낭만이 그만의 매력적인 풍미를 띠고 묘사되었다. 쏟아지는 소나기가 가로등 빛을 담고 거친 시멘트를 쓰다듬는 거리, 장만옥의 의상과 대비를 이루는 배경색, 모두가 농밀한 둘의 감정을 우회적으로 드러내는 듯 깊은 곳으로 흘러갔다.

시들기 직전 활짝 피어난 꽃의 환희와 불안함처럼, 그 찰나의 감정이 압축된 영화의 영감을 그림으로 옮기기로 마음먹었다. 그날 나는 〈화양연화〉를 제목으로 한 작품을 시작했다. 짙은 버건디 색상의 배경에 활짝 피어난 수국 화관을 쓴 여성의 모습을. 조용하게 만개한 꽃은 곧 시들어버릴, 미래의 과거로 남을 시절을 담담히 기록하고 있다.

인생의 가장 아름다운 시절을 화양연화라 한다. 다시 말해, 결국 지나가고 과거가 될 것이 예견되어있는 시절이다. 시간은 그래서 그리움의 다른 말이다.

세월이 흐른 후 모완은 그들이 살던 아파트를 찾아간다. 그리고 이제는 모두 추억이 되어 버린 장소에서 읊조린다.

"그 시절은 지나갔고 이제 거기 남은 건 아무것도 없다."

## 생애 최고의 커피

백두산으로 가는 길은 그야말로 고역이었다. 성수기에 배차되어서인지 앞으로 가는 게 신기할 만큼 오래된 차는 여러 번 고장이 났고, 가이드는 백두산이 초행길이라 자꾸만 방향을 헤맸다. 나흘간 비는 억수같이 쏟아졌다. 에어컨도 고장이 난 오래된 차 안의 공기는 숨을 쉬는 것조차 힘들 만큼 호흡을 텁텁하게 방해했다. 차 안에서 성수기에 패키지여행은 절대로 해서는 안 되는 일이라고 다짐했더랬다. 호텔이라 부를 수 없었던 호텔과 자꾸 길에서 멈추는 차와의 위험천만한 하루하루의 연속이었다. 돌아가고 싶은 마음이 굴뚝같았지만 그나마 자주 보지 못할 백두산 풍경에 대한 희망으로 며칠을 참고 참아 백두산 중턱에 도착했다.

어깨를 때리는 빗방울이 따가울 만큼 비가 억수같이

내리는 날의 백두산 천지를 향한 등반이 이어졌다. 부디 꼭대기에서는 비가 그치고 환한 풍경이 펼쳐지길 기대했지만, 결국 눈이 부실 것으로 기대한 천지의 풍경은 끝끝내 기대를 배신했다. 그 순간만큼은 정말로 절망적이었다. 욕실의 뿌연 유리창처럼 단단히 시야를 가로막아선 안개 앞에 속절없이 비가 걷히기를 기다리다 결국 야속한 날씨를 뒤로 한 채 산에서 내려와야 했다.

한 시간 동안 거세게 떨어지는 빗방울과 찬 공기에도 산꼭대기에 군락을 이루며 살아가는 작은 꽃들이 그나마 위로가 되었다. 며칠간의 피로가 밀물처럼 몰려와 걸음을 무겁게 했다. 그 와중에 가마로 등산객을 실어주는 영업을 하고 있는 두 남자의 초인적인 모습에 이곳은 어디인지 할 말을 잃었다. 돌아갈 생각만 해도 속을 울렁이게 하는 멀미와 허기, 눅눅하고 더운 공기와 피로가 엉겨붙었던 등반은 그렇게 엉망이 되었고 몸의 짜증과 피로는 극에 달했다.

잔뜩 비를 맞고 추위에 떨며 산 아래로 내려왔을 때, 등반을 포기하고 아래서 기다리던 엄마가 믹스커피 한 잔을 건넸다.

차갑게 젖은 손에 전해지던 따뜻한 커피의 체온, 최악의 컨디션에 입안으로 전해진 커피 한 모금은 정말이지 영영 잊지 못할 달콤함과 따뜻함이었다. 소중함이란 꼭 최악의 상황에서만 극적으로 깨닫게 되는 것이다.

그 백두산 여행은 '믹스커피'로 압축할 수 있을 만큼, 내가 여태껏 먹어본 가장 맛있는 커피 한 잔의 기억이다.

## 서른의 사랑

서른이 넘어 사랑을 시작하는 여자는, 모든 시간을 여자에게 헌정하며 베르테르처럼 뜨겁게 사랑해줄 남자를 기다리지 않는다. 각자 책을 읽는 시간에 구태여 나를 보아달라고 말을 걸지 않으며, 서로의 취향과 시간을 존중하는 법을 안다.

첫사랑이 아니라고 해서 뒤돌아 마음 상할 일은 없다. 이미 서른을 훌쩍 넘긴 그는 서툰 첫사랑의 신열을 앓아보고, 몇 번의 사랑을 경험하며 인연을 찾았고, 일과 만남의 균형을 유지할 줄 아는 그런 사람이라는 것을 알고 있다. 그리하여 그 평범한 시간들을 끌어안고, 이제 나의 사람이 되어준 것을 기껍게 받아 주는 것이다.

격랑이 이는 파도 대신 잔잔하게 빛을 부수는 호수처럼 사랑은 자연스럽게 다가올 것이다. 서로의 어깨를 무겁게 하기보다, 각자의 짐을 함께 드는 법을 세월 속에

**Sealed Smile**
2014. 장지에 채색. 90×72cm

터득하다 보면 현명하게 삶을 함께 걸어갈 수 있으리라.

과잉된 사랑의 포로가 되고 싶다거나, 내가 당신께 무한한 존재가 되고 싶다는 생각을 하지 않았다. 다만 그저 당신이 당신이라서 좋았다.

당신 없이는 안 된다는 말 대신, 당신이 있어 주어 고맙다는 말을 해주고 싶다. 궁색하게 마음을 시험하려 파헤치기보다, 묵묵히 곁에 있어주는 일이 긴 대답을 대신한다는 것을 알게 되리라. 당신을 위해 목숨도 바칠 수 있다는 약속보다, 함께 유영하던 아름다운 생이 이슥고 비슷한 날에 조용히 마무리되길 바란다고 말하고 싶다.

우리의 만남이 운명처럼 정해져 있었다고 끼워 맞추기보다는, 우리 운명이 아니더라도 이렇게 만나서 다만 평생을 동행하게 된 것은 기적이라고 말해주리라.

훗날 서로를 누르던 자극이 무디어진다 해도, 곧잘 맞는 태엽이 되어 같은 봄을 기다릴 것이다.

또다시 봄꽃이 핀다.

# 내 안에서 시작되는 기쁨

지인을 기다리다 몇 중년 여성들의 수위를 넘나드는 대화를 듣다가, 이내 그들 마음의 공허가 짐작되어 오히려 연민하게 되고 다짐하게 된다.

헌신의 탈을 쓴 욕망을, 요구되지 않았으면서 일방적으로 주고 싶어서 준 자기만족을 무기로 상대방의 어깨를 무겁게 하지는 말아야겠다고 생각한다. 내 사랑을 볼모로 상대의 사랑을 요구하지는 말아야겠다고, 가정의 안락함을 책임의 포승줄로 묶어버리는 어리석은 일은 하지 않겠다고, 타인과 비교하는 말로 내 가족이 회의감을 느끼게 하지는 않겠다고, 그 비교에서 지는 것이 싫어 상관없는 이들을 멋대로 재단하는 지리멸렬한 수다를 떨지는 않겠다고, 그 가십거리로 공허한 마음을 지탱하는 못난 훗날은 만들지 않겠다고 말이다.

기쁨은 오직 내 안에서 비롯되어야 하고, 비교 대상은 나여야 한다. 타인과의 비교에서 비롯된 기쁨은 결국 짧은 찰나에 불과하며 영원히 끝날 수도 없다.

## 시각의 만족

"영감은 어떻게 얻으세요?"

카페 깊숙이 네모난 얼굴을 밀고 들어오는 햇살에 꽃잎의 젖은 눈빛이 반짝인다. 환한 거리의 사람들, 일상적인 서사에도 감탄이 나오는 순간 짐짓 다른 생각에 사로잡히고서도 반사적으로 대답을 하고 있다는 것을 알아차렸다. 익숙하다 못해 가장 많이 받는 질문이었다.

노래하는 사람에게 목이 중요하다면 나는 일종의 직업병으로 늘 보는 것에 예민하다. 가끔은, 테크닉 이상으로 시각적 경험이 중요하다고 느낀다.

특히나 늘 아기자기한 것을 좋아한다. 같은 부피 안에도 수없는 재잘거림과 문화가 숨을 쉬는 사물들. 긴장을 하지 않고 있으면 모든 대상이 그저 지나가는 사물들이겠지만, 늘 대상을 캐치하기 위한 긴장이 습관이 되어 있다. 때로 꿈속에서조차 이미지가 나타나고, 일어나자마자 빠르게 이미지를 스케치한다. 그 순간에 풍경은 그림이 되고, 사소한 커피숍 테이블 색도 화폭으로 옮겨진다.

미지근한 일상, 온몸에 힘을 풀고 모든 세상의 색을 흡수할 수 있는 안테나를 뻗어낸다. 머릿속 2%는 늘 모든 보이는 대상을 조형 언어로 바꿀 준비를 하고 있으니, 눈을 뜨고 있는 모든 시간이 기회다. 그러던 어느 순간 큐피드의 화살처럼 영감이 내게로 다가와 화살을 쏘고 가면, 내 안에 작품은 잉태되고 산달이 된 그림은 적절하게 태어난다. 2%의 긴장은, 그 화살을 내가 알아보지 못하는 일이 없도록 하기 위한 포석이다. 작품을 산모가 산달이 되도록 품에 안고 나오는 아이라고 표현한 적이 있다. 그림은 나의 소유물이 아니고, 그려지는 것이 아닌 다가오는 것이라 믿는다.

운명처럼 각자의 존재로 말이다.

# 골목의 인상

1. 나가사키

철도원, 러브레터. 10대 때 보았던 영화의 잔상 때문인지 일본에서는 늘 겨울 냄새가 난다. 타국의 여행지에서 늘 눈여겨보는 것은 골목이다. 서울, 홍콩, 상해, 베이징에서 느껴지는 명료하고 획일적인 풍경 말고, 골목의 서사야 말로 살아있는 사람의 정서를 여실히 담아내는 공간 같다. 손이 탄 간이역, 힘겹게 키를 키운 야자수, 얼룩무늬 길고양이와 낯선 땅의 햇살, 작은 좌판 위에 향긋한 김을 내던 나가사키 카스테라, 살아야 하는 시간으로부터 유배되어 골목을 서성이던 하얀 날들의 이야기.

그 해 겨울 나가사키의 인상.

2. 연남동

조용하던 거리를 대기업이 처참하게 개성을 멸균시키는 공격을 시작한 이후였다. 모세혈관처럼 뻗어난 골목을 어정거리며 책을 읽을 터를 찾아 이동하게 되었다. 번화가의 그림자가 드리워진 뒤편, 밀려난 터에서 또다시 따스한 숨을 불어놓는 공간이 좋다. 나이 든 골목의 흔적을 적당히 따라할 수는 있어도 시큰한 땀 냄새 까지 억지로 따라할 수는 없다. 불규칙한 시멘트 바닥과 칠이 벗겨진 작은 철문, 손 글씨로 패널에 이름을 세워둔 작은 커피숍에서 풍겨오는 고소한 커피냄새, 각자의 취향이 몰살되지 않고 작은 세계를 형성하는 공간들. 혼자 온 사람들이 조용히 차를 한잔 하며 책을 읽을 수 있는 곳. 그래서 연남동이 좋다.

3. 울진

남루한 슬레이트 지붕의 작은 집 담장이 낮아서 볕 아래 가지런히 널린 빨래가 보인다. 빨래는 초등학교 저학년 정도의 어린 아이와 엄마, 할머니, 아빠가 있다고 일러주는 것 같다.

강남의 어느 고급 아파트에서 이불을 너는 행위가 서

민아파트 같다며 주민들에게 이불 널기를 자제해달라는 공고를 붙인 일화가 생각났다. 다시생각해도 절망적일만큼 무정한 도시다.

바닷가 동네의 담은 타인을 막는다기 보다 여기부터 내가 보살펴야할 공간이라고 금을 그어놓은 것 같다. 영화 세트장 같은 작은 다방에서 붉은 보자기를 손에 든 다방 아가씨가 그림처럼 뒤뚱거리며 지나간다.

문득, 이 낡은 골목의 리얼리티가 과연 나의 현실이었더라도 지금처럼 눈빛을 반짝이며 낭만적이라 말할 수 있었을까 생각한다. 아마도 더 나은 환경에 대한 욕망이 있었을 것이고, 일상의 빨래를 보며 감상에 젖지도 않을 것이다. 타인의 남루함을 관광하는 듯한 내 오만한 시선이 싫어 눈을 돌렸다.

4. 공덕동

길하나만 건너면 새 아파트가 성냥갑처럼 들어 차 있는데, 골목골목은 여전히 과거를 살고 있다. 언제부터 이곳에 터를 잡았는지 모를 공덕시장의 할머니들, 작은 수선집들과 구멍가게. 멀뚱히 들어선 프렌차이즈 카페에서 조금만 걸으니 연탄하나가 몸을 식히고 있다.

얽힌 시간 속을 비집고 나온 사물들이 반갑고 애틋하다. 머지않아 이별해야할 사물들일 것 같아서다.

5. 제네바

15년 만에 밟아본 제네바 땅이었다. 도착한 첫날 시간이 조금 남아 작은 카페에 갔다. 커피 한잔과 크루아상 하나, 조용하고 아름다운 거리. 스위스는 뭔가 거리감이 느껴질 만큼 무섭도록 똑똑한 나라라고 생각해왔다. 높은 물가, 집값을 훌쩍 넘는 고가의 시계, 다보스 포럼, 관광수입까지 그 이미지에 따라붙지만 어쩜 그 많은 일을 하는 도시의 표면은 이토록 느긋하고 평화롭기만 할까.

거리를 둘러볼 즈음 혼자 커피를 마시는 아시아 여자 앞에 세 명의 스트링 연주자들이 와서 달콤한 음악을 연주한다. 이내 작은 바구니를 꺼내 보인다. 그럼 그렇지...

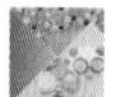

# 천국과 지옥, 사랑의 이중성

시간의 고통 속에는 부드러운 면이 전혀 없다는 사실을 토니에게 어떻게 설명해야 할까. 잔잔한 것을 그리려면 인생의 괴기스런 연극무대에도 출구가 있어야 한다는 사실을 어떻게 설명할까. 내가 아무리 가르쳐주어도 아름다움이 악마 같은 존재라고 상상하도록 만드는 것은 여전히 불가능한 일이었다.

*– 알랭 압시르 『토니와 프랭키』 중에서.*

류이치 사가모토의 음울한 멜로디가 차가운 건물 저변을 타고 흐른다. 시작부터 영화 전반을 위압적으로 지배하는 그로테스크한 기운이 불편하다. 형체를 알아볼 수 없이 뒤틀린 얼굴, 괴기스러운 표정과 절규하는 몸부림이 인간의 원초적인 고통을 여지없이 드러내는 화면. 신경을 기묘하게 자극하는 이미지를 창조해낸 영국 화가 프란시스 베이컨은 미술사에 중요한 의미를 남긴 불세출의 화가다.

베이컨을 주인공으로 알랭 압시르가 쓴 소설 토니와 프랭키』는 베이컨과 다이어의 이야기에 픽션이 섞여 베이컨의 화폭을 연상케 하는 음산한 충격을 전한다. 『토니와 프랭키』는 세계적인 화가 프랭키에게 접근한 부랑자 토니가 화가와 모델의 관계로 지내게 되는 이야기가 그려진 퀴어소설이다.

영화 〈사랑은 악마〉는 화가 프란시스 베이컨을 묘사한 영화로, 소설 『토니와 프랭키』를 원작으로 하며 화가의 전기적인 내용보다 베이컨의 모델이자 동성 연인이었던 조지 다이어와의 사랑에 촉을 맞춘다. 〈사랑은 악마〉에서 비극적인 염문설에 얽혀 있는 베이컨과 다이어의 관계는 사랑의 달콤함, 혹은 아름다움과는 괴리가 있다. 오히려 사랑이라는 이름에 샴쌍둥이처럼 붙어 다니는 퇴폐적이고 원초적인 이면이 악마처럼 날 선 치아를 드러내고 웃는다.

영화의 시작은 베이컨의 아틀리에에 다이어가 물건을 훔치러 들이닥친 밤으로부터 시작된다. 이를 계기로 좀 도둑에서 유명 화가의 모델이 된 다이어의 삶은 베이컨이 생산해내는 거대한 그림자에 서서히 잠식되어갔다. 붉고 하얀 유화물감이 육질의 마블링처럼 비린내를 풍기며 섞이는 화면, 그리고 다이어는 베이컨의 그림처럼 해체되어 간다.

선천적인 동성애자였던 베이컨은 다이어로 인한 피가학적인 고통과 성교를 즐겼고, 이로 인해 고통받는 다이어에게서 원초적인 인간의 고통을 관찰한다. 기괴한 화면으로 일관하던 베이컨에게 고통스러워하는 다이어는 오히려 최고의 뮤즈가 될 수 있었다. 고립, 외로움과 고통, 그 안에서 다이어는 끊임없이 침식하는 자아를 붙들고 자욱한 안갯속을 방황했을 것이다. 애증은 뒤엉켜 갔고 기어이 살가죽까지 벗겨진 베이컨의 화면 앞에, 사랑만큼 깊어진 골은 다이어의 목을 옭죄어갔다.

날이 갈수록 심각해지는 베이컨의 괴벽, 난폭한 교제와 폭력, 불안, 검게 타들어 가는 화폭을 견뎌내기란 힘든 일이었을 것이다. 우울증, 정신착란으로 약물에 기대고된 삶을 갉아먹어가던 다이어는 곧 일그러진 삶을 스스로 마감하게 된다.

고통을 먹고 자라는 캔버스를 탓할 길 없이, 이상적인

뮤즈를 보내야 했던 가해자에게 남은 절망은 필연적인 죄의 대가일 것이다. 자살로 다이어를 보낸 후 베이컨은 오랜 시간 다이어를 향한 그리움과 죄책감에 시달려야 했다.

어쩌면 다이어는 끊임없이 자신을 살해하던 연인의 화폭에서 비로소 해방되는 유일한 길을 택했는지도 모르겠다.

사랑이란 이름 뒤에 드리워진 이기적인 고통, 샴쌍둥이처럼 붙어 다니는 사랑 반대편의 그림자. 예술이 꼭 아름답지만은 않듯 사랑 역시 아름다움으로만 설명할 수는 없을 것이다. 아니, 때로 사랑은 가장 거대한 고통과 외로움 속으로 한 인간을 몰아세우기도 한다.

먹먹하고 뜨거운 영화 속에서 표정없이 해체된 화면이 묻는 것 같다. 혀끝에서는 달콤한 면역체계를 교란시키는 사탕 한 알처럼, 사랑은 희극이자 비극이며 천국이며 지옥임을 알고 있느냐고.

## 동행하는 여행

"나는 아무것도 바라지 않는다. 나는 아무것도 두려워하지 않는다. 나는 자유다."

*-니코스 카잔차키스의 묘비명*

혼자 쇼핑을 하거나 카페에 갈 때, 눈앞의 넘치는 시각의 충족이나 책 한 권이 혼자라는 외로움을 마비시켜 주곤 했다. 나는 '혼자' 무엇을 한다는 것이 어색한 사람이 아니라고 스스로를 판단했을 무렵에, 홀로 나서는 여행길에도 자신이 붙었다.

서른을 목전에 둔 특별한 해에 홀로 강릉 여행길에 올랐다. 조용한 바다 근처에서 니코스 카잔차키스의 『그리스인 조르바』를 읽고, 누구의 간섭도 받지 않으며 글을 쓰기 위한 명분이었다. 까만 바다를 보랏빛 새벽녘이 삼키고 나서야 책은 끝났다. 그 까만 바다의 기억과 책의 기억이 또렷하게 남았지만 시간은 참으로 더디게 갔다. 내가 여행의 감동을 반도 누리지 못했다는 사실을 발견하게 되었던 시간이다. 홀로 한 여행의 시각적 대상은 오랜 시간 각인되었다. 그것은 쉽사리 가지 않는 긴 시간 때문인 까닭도 있었으리라.

홀로 여행은 대상이 오래 남고, 둘의 여행은 여행에 대한 감정이 오래 남는다.

혼자 하는 여행이 다큐멘터리 사진 같은 명징한 대상의 기억이라면, 사랑하는 이와 함께한 풍경은 인상주의 화가 모네의 풍경처럼 주관적인 아름다움이었다. 정체를 포장한 외로움이라는 알맹이를 대상의 기억 때문에 발견하지 못했던 모양이다. 나는 내 남은 날들의 여행은 말랑말랑한 감정을 남기는 쪽을 선택하기로 다짐한다. 아름다움을 보고 "멋지다. 그렇지?"라고 물을 수 있는 사람과 함께. 그렇게 대상이 가진 고유의 온도를 그 이상으로 높여주고, 훗날 프레임 속에 들어간 추억을 공유할 때에도 다시 웃어줄 수 있는 그런 사람과.

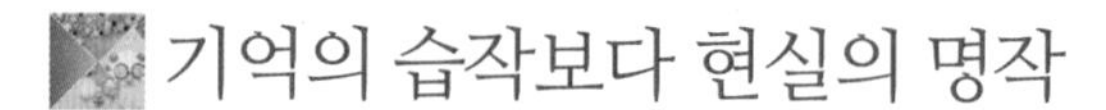

# 기억의 습작보다 현실의 명작

너의 마음속으로 들어가 볼 수만 있다면, 철없던 나의 모습이 얼마큼 의미가 될 수 있는지…. 많은 날이 지나고 나의 마음 지쳐갈 때 내 마음속으로 쓰러져가는 너의 기억이 다시 찾아와 생각이 나겠지….

*– 김동률의 〈기억의 습작〉*

"이젠 버틸 수 없다고…"

재생 중이던 영화에 일시정지 버튼을 누르고 이어폰으로 막 음악을 듣는 듯했던 느낌. 옥상에 올라가 CD플레이어로 음악을 듣던 풋풋한 주인공의 뒷모습에 중첩된 김동률의 압도적인 저음은 수많은 관객들의 가슴을 쿵 치고 지나갔을 터였다. 어쩌면 그 시절의 노래와 장면이 그토록 서정적이고 잘 어울리는지, 게다가 '전람회'라는 단어에서 묻어나는 오래된 냄새까지 탁월했다.

'전람회'. 요즘 전시에서는 잘 쓰지 않는 단어다. 어느 갤러리 개인전이나 기획전이라는 단어가 익숙한데, 문득 시간이 많이 그리워지는 순간이 온다면 전람회라는 고전적인 타이틀을 붙인 개인전을 하고 싶다는 생각을 잠시 했다. 철 지난 향수 한 줌도 넣어서 말이다.

영화가 자극하는 감수성은 그 시절의 모든 향수를 불러일으키는 듯 섬세했다. 현실에 부대끼는 사랑은 늘 아름다울 수 없지만, 추억은 미화된다. 기억은 한 사람이 떠나간 타이밍과 느낌에 따라 생각보다 쉽게 재구성된다. 다치지 않기 위해 마음을 적절히 조절해야 한다는 것을 깨닫기 전의 이야기. 속절없이 애틋함만을 남기고 사라져버린 첫사랑을 소재로 한 〈건축학개론〉은 약간의 세대 차이에도 감성의 공통분모로 사람들의 마음을 끈 영화였다.

90년대 복고 향수를 자극하는 아날로그적 소품들, 주인공과 밀착되어 느릿하게 전개되는 건축물의 여백에 짐짓 떠오르는 풋풋한 기억을 안고서 둘은 집을 짓는다. 그러나 예민하게 과거를 추적하던 둘은 다행히도 '바람녀'

'바람남'으로 치닫는 결말에 귀착되지 않았다. 다행히도 추억 속에 얽힌 실타래 같던 서로의 초상, 그 기억의 습작을 담담히 인정한 채 현실을 택한다.

기억에 힘없이 폐허가 된 추억을 미화하기보다 그 시절부터 최선을 택해왔을 현실을 더욱 사랑해야 한다.

미화된 과거보다, 현실은 충분히 아름답다.

# 그 소녀는 어디에

안동 근방은 늘 따스하고 설레는 곳이다. 하회마을의 작은 고택 방을 잡은 것은 위장된 공간에서나마 따스한 기억으로 나를 끌고 가고 싶었기 때문이다.

어릴 적 외갓집에 가면 어른들은 구성진 경상도 사투리로 늦은 밤까지 대화를 했다. 방바닥은 따뜻했고, 빛에서 몸을 감추기 위해 이불을 머리까지 뒤집어쓰고 있으면 어른들의 대화는 구수하게 이불 밑을 파고들었다. 간헐적으로 들리는 그 대화의 분절을 품에 안고 조금씩 선잠에 빠졌다. 이 선연한 추억은 도시와 시골 외갓집을 구분 짓는 모국의 이국적인 인상이었다. 그 서늘한 공기와 이불 밑 따뜻한 바닥은 중학교 때 이후 더 이상 느껴볼 기회가 없어, 더욱 모호한 그리움의 대상이 되었다.

하회마을에서 찾은 작은 초가 방은 이불 한 채를 깔면

달리 남는 공간도 없었다. 바닥은 따뜻했고 도톰한 솜이 불도, 창호지 바른 문에서 새어 나오는 옅은 빛도 추억에 잠겨 들게 했다. 그 아침 주인 할머니와 이웃 할머니의 구수한 사투리가 이불 속을 파고들며 단잠을 흔들었다.

추억과 현재의 모호한 경계를 탐닉하며 선잠 끄트머리를 붙들고 있던 그 아침에는 비가 내렸다. 한옥과 초가가 즐비한 거리는 촉촉한 비에 젖었고, 아침은 청량했다. 작은 문을 열고 방에서 나오니 대청에는 작게 마련된 수묵화 체험장이 있다. 천 원 하는 먹물과 벼루, 힘이 많이 빠진 붓이 좋은 재료는 아니었지만 오랜 수묵의 향수를 끄집어내는 소박함이 좋았다. 투둑 떨어지는 빗소리를 들으며 국화도 그려보고 풍경도 그리다 주인 할머니가 타주신 미숫가루 한잔을 마시고 밖을 내려다보니 어느덧 구름이 걷히고 햇살이 몰려온다.

"구경하다 보니 가슴이 다 두근거리네. 그림 선생님인가?"

"그냥 학교 다닐 때 미술을 배웠어요."

가슴이 두근거린다며 종잇값도 안 받는 할머니의 다정

함이 햇살처럼 맑다.

주위를 둘러본다. 초가집, 바닥 위의 솜이불, 할머니의 경상도 사투리, 맑은 공기, 새소리와 아침. 데자뷰처럼 기억의 조각들이 맞추어져 간다. 열 살 난 소녀는 스케치북을 들고 나무도 그리고 집도 그리며 마당을 뛰놀았다. 아늑한 기억이 시절을 모호하게 하는데, 이제는 이불을 뒤집어쓰고 엄마를 찾던 소녀가 없다.

다행이다. 기억이 찾아가고 싶은 유년의 추억이 있어서, 아직 그 기억이 온기를 잃지 않고 있어서.

# 블루재스민

Blue가 외국에서는 우울함을 의미한다는 것이 이해가 되지 않았던 적이 있었다. 파란색을 보면 맑고 건강하기만 한데, 왜 블루가 우울하다는 거야…. 너무 주관적이다, 하고. 시들어가는 파란색 장미를 사다 그린 날, 눈이 시리도록 파란 블루가 왜 슬픈 색인지 수긍되는 것 같았다. 영화 〈블루 재스민〉을 보다가 그때 그 그림이 생각난다. 그 깊은 무력감이 말이다.

〈블루 재스민〉은 쉽게 얻은 화려함이 얼마나 허망하게 무너질 수 있으며, 그 무너짐이 한 사람을 얼마나 초라하게 만들게 되는지를 착실하게 읽어주는 영화다. 대학을 중퇴하고 부유한 사업가 남편을 만난 재스민은 상위 1%의 화려한 삶을 살지만, 남편의 실체는 외도를 일삼아온 사기꾼이다. 훔친 돈을 모두 탕진하고, 모든 것을 잃게 된 재스민은 후미진 골목 동생의 집에 얹혀살게 되지만, 뉴욕에서의 화려한 생활과는 극명하게 다른 환경에 적응하기란 쉽지 않다. 과거 그토록 무시했던 동생의 남루함에 얹혀 있는 현실을 부정하게 되고, 신경은 쇠약해진다.

생활력이 없는 재스민에게 뉴욕의 화려함으로 돌아갈 수 있는 유일한 활로는 또다시 부유한 남자의 인생에 무임승차를 하는 것이었을 게다. 재스민에게 나타난 부유한 외교관 드와이트에게 과거를 속여 청혼까지 받게 되지만, 처절해 보이기까지 한 재스민의 촌극은 오래가지 못한다.

거짓말을 들키고 드와이트에게 버림받은 이후에도 끝까지 동생의 남루함을 비난하며 집 밖으로 나온 재스민. 가을 깊은 스산한 거리에서 그녀의 어깨를 뻐근하게 누르는 샤넬 재킷과 세월에 닳아갈 에르메스 백이 무겁게 느껴졌다. 마음이 자꾸만 처연한 재스민을 향한 연민으로 치달았다.

할 줄 아는 것은 없지만, 혹자에게는 적당히 자의식 없고 친절한 아내가 될 수 있었던 평범한 여자. 신기루처럼 쉽게 얻은 부유함이 얼마나 쉽고 참혹하게 사라질 수 있는지 온몸으로 겪어야 했던 사람. 결국 잠시 빌렸던 모든 것을 잃고 믿었던 삶으로부터 배신당하지만, 한번 맛본 달콤한 과육을 잊지 못하는 아이처럼 욕망에 포박당해 죽어가는 여자의 모습이 시선을 안타깝게 잡는다.

눈물을 흘릴 수도, 웃을 수도 없는 엔딩의 여운이 못내 마음을 붙드는데, 더 차가워져 갈 계절 앞에 블루문 재즈 음악이 처연하게 흐른다.

옳게 살았다고 말할 수는 없지만, 꼭 어린 욕망이 잘못 되었다 손가락질할 수만은 없다. 달콤한 사탕을 보면 먹고 싶은 심리는 모두가 같을 테니까. 더 탐스럽고 예쁜 사탕을 집은 것도 더 나은 삶을 위한 나름의 선택이었을 것이다. 다만 한 번 맛본 사탕을 다시 먹지 못한다면, 그것을 견디는 일은 몇 배로 어려울 수밖에 없다. 너무 익숙해져 버린 환경에서 나와야 하는데, 준비되지 않은 신데렐라가 나락을 향해 떨어질 세상은 참으로 가혹하다.

그렇다. 언제까지나 나를 둘러싼 환경이 나를 지켜줄 것이라 믿어서는 안 된다. 특히나 쉽게 얻은 것이라면 말이다. 내 것이 아닌 상황에서 맛본 달콤함만큼 위험한 것은 없다. 재스민은 긴장을 해야 했다. 그럼에도 이미 모든 것은 신기루처럼 사라졌으니, 더 집착하지 말고 어서 겨울을 준비해야 한다. 이미 스크린 속 늦가을 바람이 추워 보인다.

새로운 삶에 적응해 나가길, 재킷을 단단히 여미고 기어이 살아 나가길.

블루 재스민이 다만 재스민일 수 있도록, 당신이 당신 스스로 웃을 수 있는 훗날을 준비하기를.

## 회색, 말없이 나의 색을 안아주길

"왜 어두운색이야?"

"조용하니까. 소란한 감정들을 가라앉게 해 줄 테니까"

"우울해질 수도 있잖아"

"우울한 것과는 달라. 명랑한 그림을 걸어 놓을 거야. 회색은 그 명랑한 색을 질투하지 않거든. 그래서 더 밝아질 수도 있는 거야."

환한 색 벽지는 넘겨보지도 않고 고른 색은 어두운 회색이었지. 어릴 때는 여느 여자애들 처럼 핑크색을 좋아했고, 민트와 화이트의 청아함도 좋았지만 지금 나는 회색이 좋아. 작업실의 벽을 온통 회색으로 덮고 나면 좀 편안해질 것 같아서.

회색은 어느 색이 다가오든 그 색을 돋보이게 해. 민트 맛 아이스크림이 생각나는 날에는 민트색 그림을 걸 것이고 가끔은 사랑스러운 핑크색 그림도 걸 거야. 회색은 매력을 어필하는 그림들 뒤에서 묵묵할 것을 알아. 자잘한 소란들을 흡수하듯이 침묵하겠지.

핑크로 부풀다가 터져버려 까만 눈물로 얼룩지면 회색이 되고, 검었던 마음이 조금씩 마음을 열어가도 그건 회색이야. 희망이 물드는 찰나도, 어둠이 절망적으로 엄습하는 순간도 회색이고 가장 무심한 감정도 회색이야. 모든 색이, 모든 감정이 두서없이 뒤엉켜서 그래. 그런데 이내 하나의 색으로 녹아 태어나는 거거든. 엉키고 섞이고 나서 태어난 색이라서 회색은 어느 색도 질투하지 않는 거지.

주인공이 되려 애쓰기보다, 다른 색을 더 빛내주는 색이잖아. 그래서 회색이 좋아졌어. 변덕스레 색색으로 변하는 마음을 말없이 끌어안아 주는 사람이 좋아진 것처럼.

## 너라서 사랑이다

깊은 기억 속으로 간다. 가정을 이끄는 부모님의 헌신에서 슬픔을 발견하는 날이면 그게 나 때문인 것 같아서 풀이 죽곤 했다. 공부를 열심히 하던 날에도, 상을 타오는 날에도 나는 그 작은 부속품들이 부모님을 행복하게 해주길 바랐다. 나로 인한 부모님의 기쁨이 금방 사라지고 나면 또다시 초조해지곤 했다. 다만 행복하게 해드리고 싶었던 것 같다. 그 시절, 아이였던 내가 받고 싶은 사랑은 그런 것이었다. 내가 어떤 아이라서가 아니라, 단지 평범한 나의 존재가 기쁨이었으면 하는 것.

내 안에 하나의 존재가 생겨났음을 알았던 날, 연약한 심장 소리를 처음 듣고 하염없는 눈물이 흘렀다. 나의 부모가 겪었던 시간이 어느덧 내 앞으로 다가온 것은 표현할 수 없는 복잡한 감격이었다. 쌀 한 톨 만한 아기의 초

음파 사진을 냉장고에 붙이며, 나를 믿고 태어날 준비를 하는 존재에게 첫 번째 약속을 했다.

어떤 아이가 되길 바라기보다 행복한 아이가 되었으면 하고 생각했다. 사랑을 받고 자란 사람은 사랑을 주고 감사할 줄 안다. 내가 너를 위해 내 삶을 희생했노라고 아이 어깨에 책임을 얹고 싶지 않다. 내가 행복해야 아이도 행복할 수 있을 테니까, 그리고 행복을 전할 줄 아는 사람이 될 테니까. 그러니 오직 너와 함께 살아갈 시간이 축복이고 기쁨이라고 말해주고 싶다.

나에게 '엄마'라는 이름을 허락해준 고마운 나의 아이. 네가 나에게 와준 것으로 인해 나는 이렇게 기쁜 것을 보니, 너와 함께할 시간이 더 없는 희망으로 펼쳐진다.

네가 어떤 아이라서가 아니라, 그냥 네가 나에게 와준 것이 나에게는 무엇과 바꿀 수 없는 행복이라고 말해 줄게.

네가 곧 사랑이라고.

**Sealed Smile**
2014. 장지에 채색. 72×60cm

# C·h·a·p·t·e·r 03

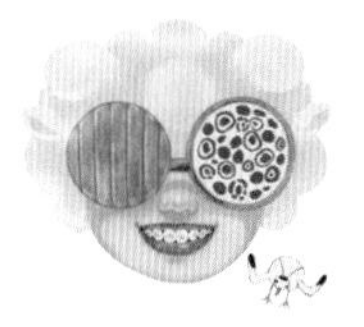

## 백록 _ 오래된 서재

## 에메랄드 소설

아기를 잉태한 여자와 남자가 곧 태어날 아기를 위해 선택한 여행지는 남쪽 끝 섬 제주도였다. 밤이 깊어진 섬의 시간, 남자와 여자는 미리 예약해둔 제주 해변의 노란 지붕 집에 도착했다. 퇴근 후 곧장 여행길에 올랐던 남자는 켜켜이 쌓인 피로를 푹신한 침대 위에 풀어헤치듯 잠이 들었다. 여자는 간헐적으로 들려오는 파도소리를 들으며 카모마일 차를 내렸다.

따뜻하게 데워진 찻잔의 손잡이를 들자 공기로 흩어지던 수증기의 온기가 여자의 뺨 가까이 닿았다. 잔에 가볍게 윗입술을 담그자 얇은 잔의 감촉과 부드럽고 따스한 카모마일의 체온이 후각과 미각을 통해 단숨에 전해지며 여자의 순간을 포획한다. 한 모금의 차가 목을 따스하게 적시고 지나가며 피곤했을 여자의 여행지 첫날밤을 위로한다. 차의 향과 체온에 취해 여자는 쿠션감이 좋은 의자에 누워 잠이 들었다.

철썩, 발끝이 차갑다. 방안에 얕은 파도가 밀려왔고 바다의 생물들이 집안에 어지럽게 떠밀려왔다. 잠에서 깬 여자는 집 밖으로 나갔다. 하늘에는 크고 둥근 달이 빛나고 있었고, 파도 결에 부서진 달빛의 조각이 물 위에 딱딱하게 떠 있었다. 해변에서 멀지 않은 지점에 어렴풋이 작은 배를 탄 사공의 실루엣이 보인다.

여자는 조심스레 달빛 조각을 밟고 작은 배로 걸어갔다. 사공은 바다 위로 수없이 떨어지는 달빛 조각을 배에 길어 올리고 있었다.

"아저씨, 달빛 조각은 왜 실어가시는 거예요?"

"제주의 억새를 키우기 위해서예요. 제주 억새가 유난히 반짝이는 이유는 바다에 떨어지는 달빛 거름을 먹고 자라기 때문이거든요."

여자는 사공의 배에 걸터앉아 달빛을 보며 배를 어루만졌다. 배 속의 아이도 달빛을 먹고 자란 투명한 억새처럼 반짝이게 해달라고 속삭였다.

**Sealed Smile**
2014. 장지에 채색. 72×60cm

바람이 바닷물을 치고 지나갈 때마다 노란 달빛은 물결을 따라 두 개로, 네 개로, 여섯 개로 부서졌다. 여자가 발밑에 흩어진 달빛을 거두어 올리자 바다의 민낯이 보인다. 감색 물속에는 30년간 지상에서 살아온 여자의 모습이 이리저리 겹쳐져 있다. 놀란 여자는 한참 동안 물속에 숨어 있는 여자의 시간을 지켜보았다. 사공은 말을 이었다.

"바다가 진한 감색인 이유는 사람들의 기억이 모여 있기 때문이에요. 지상의 모든 사람들의 시간이 바람을 타고 백사장에 쌓이면, 바다는 파도를 보내 기억들을 긁어모으지요. 아름다운 기억, 아픈 기억, 슬픈 기억, 기쁜 기억… 바다의 색은 그 어느 하나로는 만들어질 수 없어요. 모든 기억이 섞여야만 아름답고 깊은 바다색을 만들지요."

여자는 달빛을 밟고 30년간의 기억을 차례차례 읽어가며 걸었다. 못나고 아픈 기억과도 화해하며 결국 모든 시간이 예쁘다고 보듬었다.

어느덧 노란 지붕의 집에 이르렀다. 잠에 취한 남편의

머리를 쓰다듬고 뒤를 돌아보니 공기는 어스름한 새벽에 이르렀다. 달빛을 모으던 사공은 바다 저편으로 사라졌다.

지난밤 달빛 조각을 먹은 억새는 섬으로 쏟아지는 아침볕에 더욱 환하게 빛났다.

## 낭만 제주에서 순수를 약속하다

기필코 화공 이중섭 군이 가장 사랑하는 현처 남덕 군을 행복의 천사로 높게 아름답게 널리 빛내어 보이겠소. 나는 당신들과 선량한 모든 사람을 위해 참으로 새로운 표현을, 더 없는 대표현을 계속하고 있소.

*– 부인 남덕에게 보낸 이중섭 편지 중에서*

제주도에 전시가 잡혔다. 시간이 넉넉했으면 좋았겠지만 결혼식을 일주일 앞둔 때라 오래 머무르기는 어려웠다. 오프닝 행사만 참석하고 오는 1박 2일의 짧은 일정으로 만족해야 했다.

전시장과 멀지 않은 곳에 위치한 호텔은 지은 지 얼마 되지 않아 한적했고, 조용한 바닷가의 호텔 앞바다의 그림처럼 사랑스러웠다. 나지막한 귤나무들에는 탐스럽게 영근 귤이 한 아름 매달려 있어, 귤 농장의 풍경은 마치

주황색 도트 무늬가 있는 녹색 천을 펼쳐놓은 것 같았다. 한쪽 편에는 널따란 조랑말 농장이 있었고, 이들 옆으로는 현무암이 감싼 바다가 11월이 무색한 봄빛 온도로 반짝였다.

짧은 시간에 쫓겨 몇 관광지를 검색하다 결정한 곳은 이중섭 거리였다. 이중섭 미술관으로 올라가는 길에는 작은 공방들이 각자의 문화를 만들고, 그 아담한 스토리들이 길의 지루함을 달래주었다. 오르다 보니 길가에 사람의 움직임에 귀찮은 듯 무심한 황구 한 마리가 햇살을 온통 받으며 낮잠을 청하고 있다. 광합성 중인 황구의 모습이 제주도의 평온함을 온전히 표현하고 있다고 생각했다. 잘은 모르겠지만, 행복해 보였다. 그냥 그렇게 느낄 수 있었다.

미술관에 들어가기 전 들른 제주도 이중섭의 집, 아니 방은 집을 의심케 할 만큼 작았다. 이중섭 부부가 1년 남짓 살았다는 소형 자동차만 한 방. 이곳에서 부인 남덕과 사랑을 나누었을 화가의 모습이 그려진다. 이남덕을 향한 이중섭의 그림편지는 절절하고 순수하다. 할 수 있는 온 세상의 사랑 표현은 다 모아다 놓은 듯하지만, 허풍 없는 아이처럼 솔직하다. 편지는 사춘기 소년의 양 볼처럼 부끄러운 고백을 뱉은 듯 발그레한 홍조를 띤다. 사랑이라는 감정을 눈치 보지도, 계산도 하지 않고 부풀 수 있는 데까지 부풀리는 것은 요즘 세상에는 접하기 어려운 성격의 것이었다.

제대로 된 이중섭 작품을 볼 수 없는 작은 전시실 위에는 입주 작가들의 전시가 열리고 있고, 길에서 마주친 황구가 캔버스로 자리를 옮겨 푸근한 낮잠에 취해 있다.

미술관이라는 게, 꼭 볼거리가 많아야만 감동을 주는 것은 아니다. 그날 그 짧은 여행시간 동안 제주도의 작은 방 한 칸에서, 엽서만 한 드로잉에서, 지극히 이중섭다운 소박한 순수를 경험했다.

자꾸 생각나는 걸 보니, 다시 제주도를 찾을 때 그 작은 방을 한 번 더 보고 싶은가 보다.

그래, 다시 가보고 싶다. 언제까지나 순수하자고 읊조리며 말이다.

## 엄마의 편지

사랑하는 내 딸 린아. 지금 린이는 목이 안 좋은지 기침을 하고 칭얼거리고 있어. 예쁘게도 밤에 잠도 잘 자고 잘 울지도 않는 아이인데, 린이가 칭얼거리면 정말 아픈 건 아닐까 엄마가 많이 걱정된단다. 새벽에 몇 번씩 깰 때에도, 잠 못 드는 린이를 안아줄 때에도 이렇게 내 품에 울고 있는 아기를 볼 수 있는 순간도 다 스쳐 가는 찰나라는 생각이 들어 새벽잠에 깨는 순간도 소중하게 느껴진다.

남들이 다 겪는 일이라고 해서 나에게 특별하지 않았던 것이 아니었다. 네가 나에게 와 준 것도, 네가 태아 건강검진에서 좋은 결과가 나온 것도 한 번도 당연하게 받아들이지 않았어. 가슴으로 감사하다고 여러 번 빌었단다. 네가 나에게 와주고 네가 건강하게 자리 잡아 준 것은 하늘이 나에게 주신 가장 특별한 기적이었다. 너는 나에게 그런 존재란다.

엄마가 너를 그렇게 사랑한다 한들 네가 살아가며 늘 엄마에게 만족할 수는 없겠지. 때로는 섭섭하고, 때로는 시각의 차이에 갈등할 수도 있을 것이다. 하지만 아가야. 대부분의 엄마들이 그렇듯 나 역시 완벽하게 엄마가 될 준비가 된 상태에서 너를 맞이한 것이 아니란다. 네가 어릴 적 나로부터 살아갈 시간을 배워가게 되듯, 내가 엄마가 되는 법도 너로 인해 배워나가는 거야. 엄마가 '엄마'이기 이전에 처음 너로 인해 부모의 역할을 해 보는 '나'라는 존재라는 걸 너도 자라며 이해해주길 바란다. 엄마가 엄마 자신으로 충실하게 살아가는 것도 너를 향한 선물이라 믿기 때문에, 엄마가 '나 자신'으로 살아가는 길도 늘 이해해주길 바라.

그리고 린아, 아빠 엄마가 너에게 준 것은 하나밖에 없다. 네가 원했든 원치 않았든 '삶'이라는 시간을 선물한 것. 내가 너에게 완전한 시간을 살게 해줄 수 없듯 살아갈 모든 시간들이 완전할 수는 없단다. 그리고 네가 늘 흔들림 없이 완벽하게 살길 바라는 것도 아니다. 때론 달기도 하겠지만 노력한 만큼 결과가 따라주지 않을 때도 있고, 너의 의지와는 상관 없는 함정에 속을 수도 있겠지. 하지만 기억하렴. 모든 시간에는 의미가 있단다.

희열의 순간도 어려운 순간도 늘 지나갈 것을 기억하며 삶이라는 시간을 손에 든 아이스크림처럼 낱낱이 가득하게 맛보길 바란다. 아이스크림은 시간이 지나면 녹아서 못 먹게 되어버려. 가장 맛있는 순간이 현재임을 만끽하는 삶을 살길 바라. 늘 가장 중요한 시간은 어제도 내일도 아닌 '오늘'이니까.

엄마가 네 삶을 살아줄 수 없고 성인이 되고 나면 너의 가치관에 네 스스로 책임을 지며 살아가야겠지. 다만 네가 내 품에 있는 시간 동안 오직 너로 일어설 수 있는 단단한 가치관과 사랑을 충만하게 전해줄 수 있도록 엄마는 노력할 것이다. 너는 또 하나의 소중한 '나'이지만, 너와 나는 하늘이 맺어 준 인연으로 만난 각자의 존재이지. 곧 나를 너로 생각하고 움직이려 하지 않을 테니, 엄마의 사랑 안에서 자유롭게 네 꿈을 펼쳐나갈 수 있길 바란다.

언젠가 엄마는 우리 아가보다 먼저 떠나가게 되겠지.

아가야, 너는 엄마가 세상에 존재했다는 증거이고 씨앗이야. 생명을 잉태하고 낳는 것은 자연의 가장 신비로운 선물이란다. 그러니 꼭 자신을 소중히 하고 건강하게 살아주렴.

사랑한다 린아.

*– 세상에서 가장 아름다운 이름, 엄마가*

## 관객, 나와 당신의 따뜻한 공감

우리가 관객으로서 어떤 화가의 그림을 좋아한다면, 그것은 어떤 특정한 장면에서 우리가 가장 중요하다고 믿는 특징을 그 화가가 골라냈다고 판단하기 때문인지도 모른다. 화가가 어떤 장소를 규정할 만한 특징을 매우 예리하게 선별해냈다면, 우리는 그 풍경을 여행할 때 그 위대한 화가가 그곳에서 본 것을 생각하게 되기 마련이다.

*– 알랭 드 보통 『여행의 기술』 중에서*

전시가 어느덧 막바지에 접어든다. 몇 주간 갤러리로 향한 오전 11시의 기억은 날씨에 상관없이 늘 싱그러웠다. 오늘도 다름없이 따뜻한 모닝커피를 테이크아웃해 오전의 가벼운 공기를 싣고 말없이 갤러리에 앉는다. 이렇게 갤러리에서 책을 보거나 낯익은 지인들과 담소를 나누다 보면 하얀 벽면을 차지한 그림도 소리 없이 웃고 있는 것 같다. 나의 관객은 화가로서의 나를 존재하게 하는 이유다. 그래서 늘 그들에게 한결같은 작가이고 싶다. 한 사람의 마음속에 영원한 작가로 남고 싶은 것은 모든 작가들의 따뜻한 바람일 것이다. 그래서 전시를 찾아주는 관객들의 발걸음이 내게는 작업의 큰 격려가 되곤 한다.

햇살이 무겁고 깊어질 즈음이면 사람들이 많아지곤 했고, 예기치 못한 손님들과 그림이라는 연결고리를 통해 인연이 닿기도 했다. 나에게는 일상적인 작품이 그들에게는 그림이라는 문화를 향유하게 하는 특별함이 되어주기도 했다.

데이트를 할 만한 적절한 장소를 골라 들어온 남녀는 조용하며 다정하게 작품을 관람했지만, 관심이 집중된 곳은 그림이 아닌 서로의 마음임을 쉽게 들켰다. 연인인지 살짝 건넨 물음에 "아직은 아니에요. 두 번째 데이트거든요"라던 남자의 밝은 표정, 곁에서 수줍어하는 여자의 붉은 옆모습이 참 예뻤다.

교복 차림에 큰 책가방을 메고 온 남학생은 예고에 재학 중이었고, 시간을 내어 전시를 찾아다니며 다가올 미

**Sealed Smile**
2015. 장지에 채색. 72×60cm

래의 그림을 그렸다. 천안의 모 대학 특강에서 만난 제자들이 서울 신사동까지 찾아와 주었을 때, 살짝 안아주었다. 한 번 만났을 뿐이지만 분명 오래도록 인연을 가지고 갈 나의 제자들임을 확인했다.

미술을 하고 싶어 하는 중학생 딸아이를 위해 신문 문화면 기사를 오려 들고 인천에서 와주었던 어머니. 아이와 대중교통으로 멀고 복잡한 길을 어렵게 찾아온 기색이 역력했지만, 그림을 보는 아이의 뒷모습을 응시하는 눈빛은 어머니에게서만 느낄 수 있는 자애로운 사랑으로 젖어 있었다.

내 책을 미술사 책 보듯 형형색색 밑줄을 긋고 포스트잇으로 체크를 해가며 셀 수 없이 읽었다는 스무 살의 소녀. 호기심 가득한 눈빛은 모든 세상의 색채들이 피를 뜨겁게 돌리는 듯 당차 보였다. 내 전시를 보며 꿈을 키우는 학생들 마음에 실망을 주지 않고 싶다는 책임감, 사랑하는 이들의 추억에 아련하게 자리할 그림으로 남았으면 하는 촉촉한 바람, 홀로 걷는 이들에게는 봄바람처럼 신선한 기분전환이 될 수 있었으면 하는 바람이 하나둘 마음에 모이기 시작했다.

이들의 일요일이 기쁨의 요일이 되었기를. 그 추억의 한 자리에서, 내 그림은 얼마나 오랫동안 기억될 수 있을까.

예상치 못한 장소에서 우연한 장소에서 좋은 책을 만날 때 나와 책, 혹은 그림 사이에도 인연이 엮여 있음을 느낀 적이 있다. 갤러리에 직접 찾아오지 못한 관객, 그리고 독자들과도 실처럼 가느다란 인연이 우리를 만나게 하는 매개로 존재하는 느낌이다.

2주 남짓한 기간 하얀 벽면 안에서 만난 사람들의 이야기는 나에게도 소중한 기억의 편린이다. 나와 당신 사이에는 그림이 있고 책이 있어 우리는 말과는 조금 다른 온도로 생각과 감정을 교우할 수 있었다.

계절을 싣고 갤러리를 방문한 관객들, 매체를 통해 내 그림을 좋아해 준 먼 팬들, 그리고 책으로 평범한 인간 김지희 작가를 만난 독자들. 그들이 남기고 간 봄볕 같은 마음의 자취는 지금도 붓을 잡고 글을 쓰는 나에게 다정한 격려와 위로가 된다.

## 당신의 눈물이 담긴 그림이기에

모딜리아니 그림을 귀여운 카페에 걸어놓지 말아요. 비어있는 눈을 볼 때마다 모디의 아이를 뱃속에 안고 자살한 잔느가 생각나 이내 참혹한 슬픔이 몰려오니까. 가련한 잔느….

〈미드나잇 파리〉의 아드리아나는 벨 에포크 시대의 낭만과 풍요를 그리워하지요. 툴루즈 로트레크, 당신은 파리의 화려한 무희를 볼 때 무슨 생각을 했나요. 물랭루주는 참으로 아름다웠겠지요. 무희의 사과 같은 춤사위를 볼 때, 붉게 번진 두 뺨이 공중에 흩어질 때 당신은 어떤 생각을 했나요. 키가 자라지 않았던 당신이 조금 다른 시선으로 올려다본 세상의 아름다움. 하지만 그 화려한 몸짓을 그대로 담아낸 담담함에서는 되려 건조된 슬픔이 느껴지는 건 착각일까요.

빈센트 반 고흐. 잘려나간 귀를 붕대로 휘감은 자화상을 그렸을 때의 고통을 화가이기 때문에 조금은, 아주 조금은 이해할 수 있어요. 화가의 자존심이 상처받았을 때 그렸을 자화상은 극도의 고통과 극도의 쾌락의 경계이지 않았는지요.

마음 상했을 당신 그림, 이제는 괜찮아서 다행이에요.

그림이 아름다운 것은 오직 그림이 예뻐서만은 아닐 거예요. 당신의 눈물과 시큰한 땀과 환희가 붓질과 함께 배어서, 그래서 아름다운 거예요.

상수역 부근의 노천카페에서 태양 빛이 좋은 날 맥주를 주문했다. 맥주잔에 얼음이 기분 좋게 배를 뒤집어 떠 있고, 수심 깊은 곳에서 입안을 쏘는 탄산이 올라온다. 태양에 반사된 얼음 조각이 보석처럼 눈부시다. 달그락거리며 얼음들이 부딪치는 잔에 한 모금씩 입을 대며 책을 펼친다.

근 두 달을 북카페를 전전하며 책을 읽었다. 읽고 싶은 책을 다 읽고 나면 다른 북카페로 이동해 또 몇 시간씩 앉아 책을 읽었다. 많으면 하루 네다섯 권의 책을 들이마셨다. 변화가 없어 보일지 모르겠지만, 나에게는 고치 안에 숨어있는 애벌레처럼 보이지 않는 변화가 일어나는 시간이다.

많이 보는 편이라고 해서 책이 늘 읽기 재미있기만 한 것은 아니다. 책은 가끔 내 엉성한 지적 호기심만을 채우고 지나갈 때도 있다. 때로 몇 권으로 이어지는 고전의 경우 완독에 대한 의무감으로 부여잡았던 책도 있는데, 지루한 끝에 찾아온 그 여운은 잔잔하지만 긴 시간을 지탱해 주었다.

책에서는 계절이 바뀌어간다. 겨울이 오고 봄이 피어 남을 설레어 하는가 하면 가을의 메마른 성숙에 몸서리쳤다. 마른 황색 눈물을 떨어트리는 가로수처럼 가을은 깊어가다가 비로소 겨울의 침묵을 맞았다. 가지 위로 쌓이는 눈송이가 팔을 꽁꽁 얼려도 나무는 말이 없었다. 그리고 거짓말처럼 봄이 다시 왔다. 하루에도 몇 번 계절이 지나는 순간을 경험했다.

바빴던 시간을 이야기할 때 그 시기에는 영감을 어떻게 얻었냐고, 인풋이 있어야 아웃풋이 있을 텐데 어떻게 앉아서만 그림이 되느냐고 묻는 이들이 있었다. 주로 책과 영화였다고 대답한다. 무엇보다 책이었다. 책은 늘 많은 경험이 필요했던 내게 물리적으로 닫힌 세계를 경험시켜 주는 통로였다.

오후에도 북카페에 가고 싶다. 시간이 탄 책과 함께 쌉싸름한 커피를 마시고 싶다.

# 부피보다는 밀도

책은 젊은이에게는 음식이 되고 노인에게는 오락이 된다. 부유할 때는 지식이 되고 가난할 때는 위로가 된다

– *키케로*

작업을 마무리하고 나면 일기 같은 글을 쓴다. 오랜 습관이다. 작업을 정리하고 거의 6개월 만에 카페 〈시간의 공기〉에 왔다. 오기가미 나오코 감독의 〈안경〉에서 뽑아낸 색으로 만든 카페는 디테일까지 완벽하게 하나의 취향이 수집되어 있다.

출판사에 다닐 무렵 한동안 자주 찾았던 이곳은 주인의 확고한 취향이 반영된 곳이다. 독서 취향이 나와 너무 비슷해 고작 선반 두 개 정도를 메운 책이었지만 한 권도 빠짐없이 마음을 적셔 주었고, 그래서 신간이 꽂힌 날이면 하루 정도 빌려서 보기도 했더랬다. 오픈하면서부터

단골이었던 터라 지난 책에 언급하기도 했는데, 요즘 책에서 보고 오는 사람도 있다고 하니 나로서도 좋은 일이었다.

가급적 좋아하는 책들을 소장하는 편이지만, 독서량이 많은 상황에서 쉽지 않은 일이라 책이 있는 카페를 좋아하게 되었다. 맘에 든 책을 여러 번 반복해서 읽는 이유로, 구입하는 책은 대부분 한 번은 읽은 책이다. 그래서 구입을 위한 독서에는 우선 읽는 작업이 필요하다. 사실 북카페에서 책 3권만 읽을 수 있다면 커피값 이상을 얻어 나오는 거지만 그 3권이 없는 북카페들도 많다. 어디까지나 취향에 기인하겠지만.

북카페를 좋아하지만 '북카페'를 위한 인테리어 연장선에서 두서없이 끌어모아 놓은 방대한 책장 보다, 책이 적더라도 취향이 반영된 양질의 서재가 좋았다. 그런 의미에서 이곳은 작지만 나와 취향이 맞는 잘 갖추어진 서재가 있는 곳이다. 이곳에서는 가슴을 쓸어주는 문장을 만날 때의 기쁨을 자주 느낄 수 있었다.

얼마 전 한남동 레스토랑에서 지인을 기다리던 중 잠깐 열어본 책이 있었다. 작은 문고판 분위기에 난해한 제

목 때문에 구하고 싶었지만 기억이 안 났었던 책. 오랜만에 찾은 카페에는 몇 권 증가한 신간 중 정확하게 그 책이 거짓말처럼 꽂혀 있었다. '역시 궁합이 잘 맞는 곳이구나' 했다.

이 카페에서 내가 가장 좋아하는 자리는 초등학교 교실 느낌의 책상에 오렌지색 조명이 있고, 대로가 보여서 밤이면 자동차 헤드라이트 빛이 노트북 머리 위로 리드미컬하게 넘어가는 자리다. 음악은 정신없거나 지루하지 않을 만큼 적절하고, 공간이 작아서 주로 혼자 오는 사람들이 조용히 작업을 하다 간다.

홈 메이드 아몬드 버터, 무심한 드로잉이 인쇄된 엽서나 '구월의 바다' 같은 문학적인 이름이 붙여진 소이 캔들을 소소하게 판매하기도 한다. 영화 속 〈카모메 식당〉이 화사한 여름 색이라면 완벽에 가까운 초가을 색이다. 분위기를 해치는 책이 한 권도 없을 만큼 주인의 취향이 명료해서, 함부로 책을 꽂기에는 분위기가 깨질 것처럼 애매하다.

나는 이 카페의 고요와 담백함, 견고한 철학과 소박한

문화를 소비한다. 굳이 책이 많은 북카페를 찾아 어정거릴 필요가 없는 것은, 가장 자신다운 곳이 가장 매력적인 까닭이다.

뉴스나 여타 프로그램에서 인터뷰를 하는 사람을 볼 때 그 배경으로 서있는 그 사람의 서재를 빠르게 스캔하는 습관이 있다. 서재는 취향과 은밀한 욕망을 우회적으로 드러내는 비밀이기에. 옷에서 취향이 반영되듯, 서재는 한 사람의 가치관을 설계해 온 의식의 궤적과도 같다.

한 권의 책이 늘더라도 분명 내가 좋아하는 향이 있을 거라는 모종의 신뢰가 있는 서재. 작더라도, 익숙한 냄새를 머금은 서재라서 좋은 거다.

# 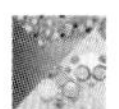 희망을 먹고 자란 도시의 판타지

바다가 우리의 상상력으로 소생시키는 것은 인간의 생활에 대해서 생각하지 않도록 하기 때문이며, 바다가 우리의 영혼을 치료해 주는 것은 그것이 인생과 마찬가지로 무한하고 무력한 동경이고 끊임없이 낙하하여 좌절하는 비약이며 영원한 감미로운 탄식이기 때문이다.

*– 마르셀 프루스트*

"내가 지방에서 처음 서울로 올라왔을 때 가장 먼저 간 곳이 한강이야. 흐르는 물을 보면서 내가 이 강물의 힘을 받아 꼭 성공하리라 다짐했지. 재밌는 건, 지방에서 올라온 다른 작가한테 내 이야기를 했더니 그 작가도 지방에서 처음 왔을 때 제일 먼저 한강에 가서 같은 생각을 했다는 거야."

서울로 상경해 작업을 시작한 지 3년 남짓 된 작가님

**Sealed Smile**
2014. 장지에 채색. 60×50cm

은 3년 전을 떠올리며 한강에 대한 이야기를 하셨다. 어느 유명 개그맨도 상경해서 한강을 찾아 유명 개그맨의 꿈을 다짐했다는 글을 본 적이 있다.

생각해보니 한강에는, 아니 물에는 늘 추억이 많다. 중학교 때 실제로 처음 본 세느강이 유명세에 비해 조촐한 모습이라 실망했던 적이 있다. 강폭이 꼭 중요한 것은 아니지만, 그래도 시원하게 뚫린 강이 도시를 가로지르는 곳에 살고 있다는 것에는 장점이 많았다. 지하철을 타고 등교를 했던 대학 시절, 당산철교를 지날 때면 아침 빛깔이 아름답게 빛나는 한강을 볼 수 있어서 좋았다. 요즘은 수질도 개선되어 한낮의 한강도 더할 나위 없이 맑게 부서진다. 어린 시절 자주 갔던 바다의 낭만도 여전히 기억에 터를 잡고 진한 향수를 남긴다.

어른이 되어서는 깊은 호흡이 그리울 때 자주 한강을 찾았다. 밤의 한강은 소란스러운 것들을 고요하게 잠재우며 오직 부유하는 빛의 잔해만이 사물의 존재를 알린다. 물은 까만 벨벳이 되고, 어둠이 도시의 못난 면면을 감추고 나면 현란한 빛의 덩어리만이 공중에 떠오르는 시간이 온다. 오래된 과거에 살다가 타임머신을 타고 와서

21세기의 야경을 본다면 얼마나 경이로울 것인가. 같은 세기에 사는 나도 종종 이토록 경이롭게 보는데 말이다.

한강의 야경은 그렇게 서울이라는 도시문명의 절정을 더 화려하게 만드는 환상의 그림자다. 어둠과 빛의 대비는 현실을 취기가 도는 판타지로 위장해버리곤 한다. 때론 성공과 동의어를 의미하는 대도시 서울에 부푼 꿈을 안고 온 많은 이들이 이 야경을 보고 다부진 꿈을 심었을 것이다. 빛과 어둠이 꾸며낸 허위일지언정, 그렇게 한강의 물은 곧 염원의 물로 사람들의 가슴에 흐르곤 했다.

나 역시 그림에서 첫 슬럼프를 맞았던 고교 2학년 때 한강공원을 찾았다. 그리고 모두가 반대하는 작가의 길의 불안함을 다시 단단히 세우려 했던 대학교 2학년 생일에도 물을 보며 마음을 잡았던 기억이 있다. 흐르는 물결에 나약한 정신을 모두 묶어 흘려버렸다고 믿었던 그날의 물결은 훈계하는 어른처럼 엄숙해 보였다.

형체 없는 무언가에 마음을 의탁하고 싶은 날에는 여전히 한강을 찾는다. 현실의 불필요한 모습을 감추고 희망을 먹고 자란 도시의 판타지가 그립기 때문이다.

## 꽃, 영원하지 않아서 아름다운

할머니가 살아계실 때, 종종 꽃을 들고 오는 날이면 할머니는 시들어버릴 꽃 받으면 뭐하냐 하셨다. 쓸모없는 거라고. 어려운 시절을 겪은 할머니에게 밥이 되지 못하는 꽃이 사랑받는다는 것은 불가능했다. 할머니가 꽃을 곧 시들어 쓰레기통으로 가게 될 성가신 물건으로 취급하는 것은 어쩌면 당연한 일이었다.

그러던 어느 날 학교 갈 준비를 하다 할머니 방에 들어가 보니, 할머니는 허리를 숙이고 무언가를 만들고 있었다.

"할미, 뭐 만들어?"

방에 들어가 보니 빈 상자에 미색 종이를 바르고, 그 위에 색지를 오려 예쁜 꽃무늬를 붙이고 있었다. "예쁘지? 할머니 솜씨 좋지?" 묻는 할머니를 보니, 할머니도 꽃이 아름답다는 것을 알고 있었다는 사실이 새삼 놀라웠다. 꽃을 보면 좋아서, 시들기 전의 순간을 포획해 영원히 박제하고 싶은 마음을 담아 꽃 모양을 오리고 붙이고 있었던 할머니의 모습이 유독 따뜻했다. 여자는 모두 꽃을 좋아하는구나, 느꼈던 날이었다. 세상에서 제일 투박하다고 생각했던 우리 할머니가 거친 손으로 꽃 모양을 아름다워하던 그 날이 요즘도 가끔 생각이 난다.

영화 〈어바웃 타임〉처럼 시간 여행을 할 수 있다면 10대로 돌아가 할머니 방으로 들어가 꽃과 어우러진 할머니를 그려드리고 싶다. 할머니와 이별하기 전에 근사한 추억을 하나 더 만들어 드릴 수 있었을 텐데. 분명 좋아하셨을 것이다.

시들어버리면 마음 아플 줄 알면서도, 매번 작은 화분 꽃을 산다. 작은 꽃 화분은 오래 키워 본 적이 없다. 꽃이 지고 시간이 조금 지나면 물을 주고 빛을 쪼여도 힘없이 시들어버리곤 했다. 화분을 살 때마다 오래 자라도록 관리하지 못하는 주인 탓에 짧을 수밖에 없는 화분의 수명을 모르는 바도 아니다.

영원하지 않아도, 아니 어쩌면 영원하지 않아서 꽃의 찰나를 사랑하게 된 것인지도 모르겠다.

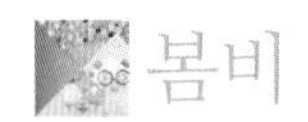

# 봄비

하늘에서 떨어지는 수천수만 개의 눈물, 비….

봄비가 내린다. 비가 내리는 날이면 생각은 촉촉한 습기를 머금는다. 몸을 적시는 불편함이 없이 실내에서 비를 볼 때의 개운함이 좋았다. 비 온 후 맑고 쾌청한 거리도. 그 거리의 공기는 청아한 수분을 머금고, 걸음마다 아스팔트 바닥은 보송보송하게 맑아진다.

결혼식 전날은 비가 내렸고, 다음날 말끔하게 씻긴 공기는 푸르게 빛났다. 메이크업을 마치고 예쁜 웨딩카를 타고 식장을 향하던 길, 완연하게 푸르고 붉게 물든 가을의 깨끗한 풍경이 시작을 축복하는 선물처럼 기억에 남았다.

시원하게 세상을 씻어 줄 빗방울이 깨끗한 시작을 느끼게 해주길 기다린다.

지금, 봄비를 기다리는 중이다.

## 작업실의 단상

한해씩 나이를 먹으며 점점 삶에 주어진 모든 과제들을 충실하고도 자연스럽게, 다시 말해 요란하지 않게 풀어나가고 싶었다. 예술 하는 사람, 더 구체적으로는 예술하는 여자에게 종종 붙는 편견이 있었던 것 같다. 예술하는 여자는 성격이 세고 감정의 기복이 심하며, 가정에 소홀하고 자신의 작업에만 애쓸 것 같다는 그런 유의 시선이다. 사실 나는 감정의 기복이 심한 편이 아니고 화를 내거나 예민한 편도 아니라 괴팍한 예술가의 캐릭터와는 거리가 멀거니와, 아기자기한 살림은 나를 즐겁게 하는 취미이기도 했다. 혹여 남편이 그런 우려를 하지는 않을까 해서 남들보다 더욱 가정에 소홀하지 않으려 노력하기도 한다.

그런 의미에서 신혼집 작은 방에 마련한 작업실은 일

을 하며 살림을 충실하게 해 나갈 수 있는 장점이 있었다. 그림 그리는 여자라고 요란하게 작업할 것 없이, 조용히 내 일을 할 수 있고 가족 내조에도 시간 할애를 많이 할 수 있는 것은 큰 이점이었다. 물론 방송국 등에서 촬영이 올 때 으리으리한 작업실이 아니라서, 방이라는 공간을 멋지게 담기 어려워하시는 분들에게 더 나은 비주얼을 제공해드리지 못하는 부분은 미안하기도 하다. 실제로 작고 평범한 작업실 때문에 잡혔던 촬영이 취소되는 에피소드도 있었다.

작업실은 내가 가장 심리적으로 편안한 상태에서 좋은 작품을 많이 낳을 수 있는 공간이다. 그러기에 마음의 불편함이 없는 집이라는 공간에서, 내가 원하는 시간에 언제든 붓을 잡을 수 있는 내 작업실은 나에겐 더할 나위 없는 적당한 공간이다. 그림을 그리는 것도 어릴 적부터 나에게 너무나 일상적인 행위라 특별할 것이 없었던 까닭이다. 도서관에 가야만 공부가 되는 학생이 있는가 하면, 집이 가장 편한 학생도 있듯. 나는 대체로 후자에 속한 편이었다. 그림을 그릴 수만 있으면 장소가 어떻든 상관이 없었다.

학생 때는 방학 때 난방도 꺼진 시멘트 실기실 한켠에

서 언 손을 떨며 그림을 그렸고, 대학원 졸업 이후 경제적으로 독립해 그림을 그리던 때에도 나는 인테리어 잡지에 나올 것 같은 멋진 작업실을 가져보지 못했다. 하지만 그릴 수 있는 행위 자체가 늘 소중했기에, 작업실 때문에 작업을 제대로 하지 못했다는 생각은 한 적이 없었다.

아늑하고 고요한 작업실에 작은 스탠드 하나를 켜놓고 앉아본다. 적당한 어둠의 온기, 온몸에 따뜻한 피가 감도는 것 같다. 낡은 나무 이젤과 의자 몇 개, 접시와 재료를 놓는 오래된 선반. 이들이 낡아 보여 바꾸겠다고 생각한 적은 없다. 작업 도구는 익숙하고 편한 게 제일이고, 나에게 이 정도 공간은 알맞다. 활동 방향과 필요에 따라 작업실 규모는 커질 수도 있겠지만 남에게 보이기 위해 작업실을 바꿀 생각은 없다.

작가에게 우선순위는 어디까지나 작품이다.

가장 편안하고 아늑하며, 모든 본능의 충족을 가장 저렴한 소비로 누릴 수 있는 공간. 먹을 것이 있고 입을 것이나 꾸밀 것, 잠을 재워줄 공간과 책과 컴퓨터를 비롯한 모든 물건들이 가장 내 취향에 알맞게 구비되어 있는 이 공간은 살아온 시간 동안 중요한 것들만 남겨낸 인생의 컬렉션 수장고라고도 할 수 있다.

나의 집이다.

인간은 본디 가까이에 있는 가장 소중한 가치들에는 무심한 경향이 있다. 나를 떠나지 않는다는 너무나 확고한 믿음 때문에 존재의 중요가치는 이미 망각을 하며 사는 것이나 다름없다. 모든 것을 충족시켜주는 집은 지루한 일상이 되고, 학생 때는 학교 교실과 같은 익숙한 공간은 곧 떠나고 싶은 충동의 발원지가 되어버린다. 가족에게 내는 짜증처럼, 누구보다 나를 존중해 주고 아껴주는 공간에 무심하며 곧 새로운 공간을 탐닉한다.

여행은 그렇게 불편함이 있더라도 익숙한 공간에서의 지루함을 해갈해 주는 오아시스가 된다. 여행지를 향하는 비행기 안에서는 시차가 바뀐다. 한쪽 방향으로만 명징하게 가고 있다고 느낀 시간이 꼬이는 지점은 시공간에 부유해 있는 '나'라는 존재를 느끼게 하곤 한다. 어쩌면 그 이륙이 좋아 여행이 좋은 건지 모르겠다고 생각했다.

동행하는 이들이 많은 여행은 빡빡한 스케줄을 같이 움직여야 하는 피곤함이 단점이다. 짧은 시간 어떻게든 더 많이 보아야 한다는 의무감에 쫓기듯 숨을 쉴 틈 없이 새로운 풍경을 들이켜 마신다. 보통 그런 여행은 그 나라를 대표하는 유적지에 가장 집중하는 경향이 있다. 일일이 여행을 준비하는 것을 번거롭게 생각하고 안전에 가장 많은 비중을 두는 엄마는 꼭 패키지여행을 고집하지만, 정해진 시간에 모여야 하고 원치 않는 진주나 라텍스 쇼핑까지 해야 하는 것에 질려버린 나는 패키지여행을 선호하지는 않는다. 그런 여행지에서의 사진을 보면 잠깐이라도 그곳에 흡수되었다기 보다, 여행지 사진에 어설프게 내 모습이 콜라주 되어있는 것 같다.

유적지를 좋아하는 남편은 찬란한 성곽에서 과거로 돌아간 듯한 설렘을 느끼지만, 나는 유적지보다는 이국의 일상적인 문화에 더 취미가 있는 편이다.

골목에서 흘러나오는 생활의 풍경과 작은 가게에서 발견한 독특한 풍미의 소품들, 동시대를 사는 인간으로서의 교집합과 이역만리 떨어진 곳에서 일구어온 다른 일상의 여집합을 엿보는 일이 좋다. 그래서 숙제를 풀듯 남들 보는 관광지를 가보았다는 만족감을 잠시 느낄 즈음이면 홀연 감정은 증발해 버리고 무력한 껍데기의 추억이 증명사진처럼 남곤 했다.

여행의 취향은 답안에 끼워 맞출 수가 없다. 다 각자의 스타일이다. '감동'을 동반하는 여행에는 그렇게 정답이 없다. 여전히 나는 훔쳐보듯 여행지의 문화를 탐닉한다. 내 국지적 여행 취미처럼, 결국 취향대로 만드는 게 여행의 정답이다.

## 이상 속의 여행지

"베네치아는 아직 가고 싶지 않아. 아주 소중한 사람과, 더 많은 나라를 여행해 보고 마지막에 찾을래."

몇십 개국을 여행한 S 언니는 이탈리아만은 여행지에서 비워두었다. 이상 속에 있는 도시는 소중한 사람과 가장 아름다운 첫인상을 누리고 싶기 때문이라고 했다.

이곳만은 남겨두고 천천히 가고 싶은 곳. 나에게 이상 속에 있는 여행지가 있는지 생각해 보니 아늑함이 느껴지는 장소들이 먼저 떠오른다. 덴마크와 핀란드에 가면 영화 〈카모메 식당〉의 청아한 햇살과 느릿한 시간, 내 취향의 소품들이 별사탕처럼 감각을 간지럽혀 줄 것만 같다. 그러고 보니 언젠가 화가의 도시들을 여행하고 싶다는 생각도 했다. 모네가 생의 마지막 시기를 보낸 지베르니, 고흐가 노란 물감을 섞어 표현했던 아를, 마티스의 흔적이 묻어 있는 니스를 가면 특별한 감정을 느낄 수 있으리라.

그리고 루앙프라방. 루앙프라방에 관한 책을 몇 권 본 적이 있다. 그곳에서는 유럽과는 다른 아늑함에 대한 기대가 있다. 루앙프라방에 가게 되면 사람의 눈빛을 오래 응시하고 싶다. 그 눈빛만으로 따뜻한 교감을 할 수 있을 것 같다. 메콩강의 노을도 보고 싶다. 상상 속을 비집고 나오는 낭만적인 장면들은 오직 책을 통해 설계한 루앙프라방의 이미지다.

이상 속 여행지는 주로 책으로부터 출발했다. 여행 책을 보다 보면 여행자만의 시선이라는 게 있어 기록은 가끔 픽션처럼 과잉하다. 분명 존재한다고 믿게 되는 픽션이다. 그래서 책으로 인지한 판타지의 도시에는 몸보다 내 주관적인 낭만이 먼저 도착해 있다. 모든 곳을 여행할 수 없을 때 그 햇살을 직접 맞을 수는 없지만, 책을 통해서 여행지는 상상으로 전환되고 상상은 기억에 보관된다.

다음 여행은 루앙프라방이었으면 한다. 진한 향수의 향기보다 옅은 살 내음이 날 것 같은 곳을 걷고 싶어서.

흐린 이미지로 설계된 루앙프라방을 이제는 기억할 수 있는 미래로 바꾸고 싶다.

## 시간이 늘어나는 여행

용평 근방을 둘러보고 리조트로 돌아오니 서울에서 막 도착했던 아침이 까마득하다. 여행은 같은 시간을 더 길게 만들어 주곤 한다.

초등학교 때 가족과 하와이로 여행을 갔을 적 처음 만난 미국은 낯선 나라의 사람들과 서구적인 풍물들로 신선한 인상의 연속이었다. 여행 첫날 종일 관광을 하고 밤에 엘리베이터를 탔을 때, 신혼여행을 온 한국 부부가 "언제 왔니?"라고 했던 짧은 질문은 기억에 또렷하다. 시간을 거슬러 보니 오전의 기억은 이미 며칠 전인 것처럼 희미했다. 기억의 간극을 여러 번 헤집어 보아도 도착한 지 사흘은 족히 된 것 같은 거리감인데 첫날이라고 말하는 내 대답이 낯설었던 기억이다. 분명 하루의 시간이 고무줄처럼 늘어났다고 느꼈다. 그것은 마치 어린 시절 기차가 출발할 때 나무가 뒤로 가고 있다고 믿었던 유의 거짓말 같은 체험으로, 어렸지만 왜 시간이 늘어났는지를 이후 한참 동안 고민했다.

책과 여행과 영화는 삶을 더 길게 해주는 시공간의 확장 같다. 책을 통해 시간과 공간이 결합된 이미지가 설계되고, 영화를 통해 압축된 타인의 삶과 문화를 경험하며, 여행을 통해 낯선 경험이 주는 시간의 확장을 체험한다.

같은 시간을 더 길게 살기 위해 또 이렇게 짧은 여행에 몸을 실었다.

## 바다와 육지가 만나는 곳, 어시장

지상 가까이에서 사람들이 길어 올린 고기의 살점을 어정거리는 갈매기들, 어시장의 초입에서 처음 맞이하는 것은 활기찬 공기다. 바다를 여행할 때마다 어시장을 지나치지 않는 것은 그 활력 때문이리라. 고단한 일정을 마친 배가 낮잠을 청하는 항구와 바다의 품에서 수확한 작물들이 가장 먼저 지상에 도착하는 지점. 바다와 육지가 손을 맞대는 그 경계에서, 어시장은 생명의 음식을 부단히 육지로 보낸다.

어시장을 좋아하는 것은 추억에서 기인한다. 어린 시절 자주 놀러 갔던 포항에서 지루한 시간을 달래기 위해 동생과 죽도시장에 자주 갔더랬다. 바다에서 포획한 문어, 성게, 오징어, 해조류까지 어시장은 나에게 있어 생생한 체험 교육의 현장과 같았다. 또래 아이들이 수족관에서 물고기와 문어, 상어 등을 볼 때 나는 어시장에서 이들의 모습을 가까이서 보았고, 가끔은 미끈한 표면을 만져보기도 하고, 버려진 조개나 성게 껍질을 주워오기도 하며 호기심의 허기를 채웠다.

때때로 거대한 문어나 상어가 어부의 그물에 걸려 오기도 했는데, 구경꾼들 틈을 비집고 거대한 물고기를 구경했던 그 순간은 수족관이나 영화에서 보던 바다 생물의 이미지와는 판이하게 달랐다. 상어는 학습을 위한 관상용이 아닌 삶의 현장에 뛰어든 생명체로 보였다. 내 눈앞에 펼쳐진 바다에서 헤엄을 치던 존재였고, 입장료를 내야 하는 수족관에서 보호받는 특별한 존재도 아니었다. 상어는 다만 바다라는 미지의 세계를 유영하다 이렇게 무참히 시체로 스러질 수 있는 현실적인 존재였던 것이다. 그 느낌은 수족관과 나 사이를 가로지른 판타지를 허물어 주는 그 무엇이었다.

그렇게 기억 속의 어시장은 환상을 현실로 끌어놓는 공간이었고, 늘 새벽을 깨워 일찍 하루를 시작하시는 아주머니의 성실한 삶의 현장이었고, 노동의 가치가 그토록 정직하게 보이는 곳이었다. 포항 바닷가에서 밤이 올 때까지 기다렸다가 은하수처럼 떠오른 오징어 배 별빛을 보면 수많은 바다의 생명들이 길어 올려지는 상상을 하면서 설레곤 했다.

때로 어시장에서는 머리가 하얗게 익은 할머니들의 능숙한 손놀림을 보게 된다. 수확한 바다의 생명들을 손질하는 일로 아이들을 키워 교육을 하고, 노년에 이르러서도 허리를 굽혀 고단한 일을 하시는 분들. 바다를 삶의 터전으로 살아온 할머니들에게서는 늘 근면함과 강한 모성이 느껴진다. 어시장은 그런 에너지를 품은 곳이다.

짧은 여행으로 찾은 바다에서 어시장의 축축한 시멘트를 밟으며 밤에 먹을 횟거리를 고르기 시작했다. 바다의 품에서 막 나온 먹거리들로 눈은 이미 포식을 했고, 흥정을 하는 이들과 좋은 고기들을 골라 건네는 아주머니들로 공간은 생기 있게 수런거린다.

밥상을 그득히 채워줄 바다의 제철 음식들을 고르며 어슴푸레 날이 푸르러간다.

오징어잡이 배들은 잠에서 일어나 출항을 위해 기지개를 켠다. 마음은 어린 시절로 돌아가 이미 오징어잡이 배 안에 숨어 있다.

어시장의 하루가 그렇게 바다의 품으로 안긴다.

## 결국은 사람의 이야기

다락방같이 아늑한 카페 구석에 자리를 잡고 아무 장식이 없는 하드커버 에세이집 두 권을 열었다. 조용한 하루와 잘 어울린다고 생각해서 골랐다. 기라성 같은 선배들이 산문집 한 권 정도는 남겨두고 간 것이 안도가 되었다. 살아온 이야기를 차분히 듣는 듯 미술계에 우뚝 선 선학과 감히 교우하는 기쁨을 만끽할 수 있는 이유다.

담백한 커버가 인상적인 이우환 작가의 산문집을 열었다. 압도적인 그림 뒤편에 한 인간으로서 작가가 살아야 했던 생활의 흔적들을 따라가다 보니 말랑말랑한 정서의 속살이 반갑게 느껴진다. 작업의 고민들에서는 끊임없이 그리움을 추적하고, 더 깊고 개인적인 곳에서 비롯된 그림과의 연결고리를 찾았다. 침묵의 캔버스가 때때로 두려움을 느끼게 한다면, 작가의 책은 그 두려움의 실마리를 조금씩 풀어주는 느낌이다.

윗세대 화가들의 삶에는 가난과 전란이 지나간다. 전시 공간도 부족했고 힘들었을 선배들 시대의 어려움을 공감해본다. 자본이 지배하는 요즘 미술계는 그래도 작품을 알릴 수 있는 활로가 많지만, 또 달리 보면 그만큼 시끄러운 소음 때문에 작가로서 눈에 띄기가 쉽지 않기도 하다. 더욱 자극적이 되고, 더욱 자본의 단맛에 절여진다. 나는 시대가 고맙다고 말하는 편이지만, '어느 시대가 더 쉽다'라고 정의하기는 어려울 것 같은 생각은 든다.

두 권의 산문집 중 한 권은 최근 전재국 컬렉션 경매에서 5억 5천만 원에 작품이 낙찰되어 새삼 이슈가 된 김환기 작가 아내 김향안 여사 산문집이었다. 『월하(月下)의 마음』은 새색시가 40여 년의 시간 동안 누구보다 강한 화가의 아내이자 조력자가 되어가는 과정이 담겨있다.

생활이 어려워 방에 쌓인 남편의 그림을 일주일 치 땔감으로 태워 쓴 일화부터, 화가의 평론을 쓰려면 3개월은 작품을 연구해야 하는데 하룻저녁에 쓴 가벼운 비평을 받고는 화집에서 빼라고 화를 낸 이야기 등 흥미로운 후일담이 많이 적혀 있다. 김 여사는 화가의 아내가 예술을 모르면 절름발이가 된다고, 정신적으로도 극진히 내

조하며 김환기 선생이 그림에만 집중할 수 있는 환경을 만들었다.

요절한 천재 시인 이상과 사별한 후 김환기와 결혼했는데, 시대를 일신한 두 예인의 여자였던 사실도 이채롭다. 스물일곱 해 이상(李箱)의 짧은 생애가 천재로서 소멸하는 충분한 시간이었다고 표현한 의연함에서는 소름이 끼친다. 역시 예술가의 뮤즈답다. 위대함의 뒤편에는 분명 많은 이들의 헌신과 염원이 감추어져 있다. 찬연히 빛나는 김환기 선생의 작품은 당신의 작품이기도 했다.

긴 꿈처럼 두 분 살아온 이야기를 듣고 나니 카페 밖은 어느덧 헤드라이트 불빛이 지나친다.

사람이었다. 보통 사람이라고 생각되지 않았던 기라성 같은 선배들도 모두 사람이었다.

## 테이크 아웃 '해피니즈'

겨울에 비하면 봄은 참 더디게 찾아온다. 얼었던 바람이 미량의 훈풍을 싣고 오는 즈음이면 봄을 깨우는 햇살을 방안에서도 느낄 수 있다. 봄맞이의 기쁨을 얻고자 주말 시간을 내어 꽃 도매 시장을 찾았다. 집안에서 잘 자랄 수 있는 꽃을 찾다가 러넌큘러스 하나, 아이비 하나, 테이블 야자 하나를 샀다. 테이블 야자는 부피가 꽤 커서, 거실에 놓자마자 공기가 가볍게 정화되는 착각이 들게 했다. 어제는 성수동 서울 숲 근처에서 화분 두 개, 흙 한 봉지와 씨앗 한 팩을 샀다. 남편과 백일홍 화분을 하나씩 키우기로 했는데 싹이 움트게 되면 도심 속에서 느낄 수 없는 작은 기쁨이 될 것 같다.

저녁을 먹은 후 우유를 끓이고 꿀을 넣어 밀크티를 만드는 동안 남편은 화분에 물을 준다. 생명의 기운이 등 뒤에서 실내를 밝히는 것 같다. 러넌큘러스에서 올라오는 네 대의 봉오리가 봄의 길목처럼 희망적이라고 생각했다. 이내 다섯 송이의 러넌큘러스가 피어나는 모습을 상상하며 화분을 나란히 놓았다. 꽃에 물을 주고 기뻐하는, 시간 앞의 모든 봄의 문턱이 오늘만 같았으면 하고 생각했다. 꽃대를 세우고 태양 빛을 먹는 화초의 모습은 그 하루가 만든 기쁨의 그림이 되었다. 우리의 기쁨과 행복을 먹고 무럭무럭 자라는 것 같아서, 그래서 화분이 있는 거실이 좋았다.

생활의 활력을 위해 그렇게 화분을 사고 요리를 하고, 볕이 좋을 때 책을 펼쳤다. 작은 화분 하나도 기쁨이 된다. 그렇게 잘 찾아보면 나를 행복하게 해주는 선물과 감사해야 할 것들은 너무나 많다. 인간의 짧은 기억력은 감사와 행복을 느껴야 할 익숙한 대상을 늘 깨닫지 못하는 게 함정이지만. 그래서 모든 환경에 감사하고 행복해지는 것에도 노력이 필요한 것이 아닌가 생각한다.

감사와 행복은 늘 저절로 배달되는 것이 아니라, 다가가서 테이크아웃 하는 정성이 필요하다. 감사한 사물에 익숙해져 버린 순간, 다시 나를 향한 세상의 선물들에 눈을 돌리고 가벼운 마음으로 행복의 도구들을 테이크아웃 한다.

## 버려질 것

두 번의 이사에서 엄청난 양의 쓰레기를 버렸다. 틈틈이 사놓은 소품들, 컵과 그릇, 가구와 철 지난 옷과 액세서리. 한때 의미 있었던 것들이 쓰레기가 된다.

많은 걸 사지 말자고, 그리고 버려질 것이라면 애초에 곁에 두는 것을 신중하자고 다짐한다.

## "슬픔이여 안녕"은 어려운 의연함

그러자 내 마음속에서 무엇인가 의미를 알 수 없는 감정이 북받쳐 오르고, 나는 두 눈을 감은 채 조용히 그것을 맞이한다. 슬픔이여 안녕!

*– 프랑수아즈 사강 『슬픔이여 안녕』 중에서*

"지희씨, 우울한 음악에는 우울한 기운이 있어요. 너무 가까이하지 말아요."

그림을 배우던 어느 날 배우 김영호 오빠의 말에 속내를 들킨 것처럼 흠칫 놀랐다. 생각해보니 슬픔의 도구들로 인해 감정이 괜시리 부어오를 때가 많았음을 상기했다.

20대 중반 정도까지 사춘기의 여운이 남아 있던 것인지 센티멘탈리즘을 굳이 즐기려 했던 것 같다. 적적한 노래를 듣고 책을 읽고 글을 쓰고, 음악과 주변 환경이 주는 조화가 적절해지면 이내 불길처럼 주변을 에워싸는 슬픈 공기에 빨려 들어갔다. 어둠이 주는 차분함이 싫지 않았다. 울고 싶은 날 눈물이 합리화된 공간을 만들기 위해 짐짓 이 감정이 주는 카타르시스를 일부러 끄집어내기도 했다.

인간인지라 불안한 날도, 우울한 날도, 답답한 날도 있었다. 그럴 땐 할 수 있는 모든 슬픔의 도구들을 동원해 슬픈 감정의 응어리가 폭발할 때까지 내버려 두었고, 이내 감정이 터져버리는 순간이 와야 다시 평온해졌다.

깃털처럼 가볍게 지나갈 수 있는 일에도 너무 섬세하게 반응할 때가 있다. 지나친 감성에 두둥실 떴을 때는 제습이 필요하다.

당하면 외로움이고 선택하면 고독이라고. 인위적으로 즐기기 위해 설정해 놓은 고독 위를 군림할 수 있어야 선택이라는 우위를 선점한 것이라 할 수 있다. 하지만 불온하게도 우리는 고독이 외로움으로 곤두박질치는 상황을 자주 겪는다.

고독에는 즐길 수 있을만한 의연함이 필요하다. 하지

만 정말 홀로 남겨진 괴로움이 가슴을 친다면 그것은 아직 즐길만한 가슴이 없다는 반증이다. 적적해지는 것은 환경이 아닌 결국 자신이었고, 결국 감상을 털고 웃어야 할 운명이라는 것을 깨닫게 된다.

프랑수아즈 사강처럼 "슬픔이여 안녕" 하는 것은 사실 어려운 의연함이다.

## 여행, 시간에 향을 덧대는 일

여행지에 도착하면, 며칠간의 시간은 대상을 마음껏 흡입하기로 암묵적 합의를 마친 기간임을 상기한다. 여행의 시간을 더 부풀리는 촉매인 와인과 카메라, 노트북과 따뜻한 책 한 권이 있다면 더할 나위 없다. 주관적으로 흘러가는 여행지의 시간은 기억에 특별한 힘을 실어주곤 한다.

인상을 주지 못한 기억들은 빠르게 스러져 먼지처럼 흩어지고, 홀연 날아가 버린다. 기억의 속도에 제동을 걸 듯, 여행이 주는 새로운 인상으로 건설한 기억은 쉽게 무너지지 않는다. 그래서 훗날에 비로소 주머니에 품고 있던 조약돌처럼 모양 난 기억들을 하나씩 만지작거리는 시간이 찾아오는 것이다. 그 기억은 종종 화가의 시선으로 풍경을 그린 화폭처럼 정지되어 있다.

여행은 시간을 향한 그리움에 향을 덧대는 일이다.

## 길들여진 습관의 무게

오전 열한 시, 남편의 셔츠를 다린다.

다림질 자국이 물에 몇 바퀴를 돌고 나와 건조되어도 선명하다. 한 번 길이 들면 다림질이 편하지만 다림 자국을 바꾸는 건 여간 힘든 것이 아니다. 길들여진 습관이란 그렇게 무서운 것이다. 바로잡아야 할 자국은 시간이 더 흐르기 전에 바로 잡아야 한다.

**Sealed Smile**
2014 . 장지에 채색. 90×72cm

# C·h·a·p·t·e·r 04

## 양홍 _ 영원한 그리움

# 붉은 소설

밤의 어둠이 무색하게 거리의 네온사인이 빛난다. 겨울나무들마저 헐벗은 몸에 화려한 전구 빛을 휘감는 크리스마스이브. 땅을 얼리는 한기에도 잡은 손에 서로의 온기를 확인하며 거리를 지나치는 연인들에게는 청신한 향이 풍겼다. 입술을 붉게 물들이고 발목을 덮는 겨울 부츠를 신은 여자들 사이를 고개 숙인 채 잰걸음으로 빠져나가는 여자는 번화한 길을 지나는 시간을 까마득하게 느꼈다.

혹여 나를 아는 누군가를 만나지는 않을까, 겨울이 헤집고 간 내 모습을 알아채기라도 하면 어쩌나. 도시를 배회하는 유령처럼 네온사인이 둘러쳐진 길을 빠져나온 여자는 번화한 불빛의 그림자가 드리워진 낡은 작업실로 향했다.

오르막길 차도 바로 옆에 붙어있는 집은 대문도 없이

집으로 들어가는 문이 나 있어, 늘 지나는 사람들의 시선을 의식해야 했다. 궁색한 살림을 힐긋 보는 사람은 없는지 주변을 두어 번 둘러본 후 빠르게 집 안으로 들어갔다. 붓에 적셔진 눅진한 테라핀 냄새가 마중 나오듯 코끝을 자극했다.

문을 열자마자 캔버스와 정면으로 마주쳤지만 오늘만큼은 시선을 외면하고 싶었다. 난방이 잘되지 않는 화장실로 들어가자 작은 거울에 보이는 여자의 모습이 낯설다. 길게 뱉어낸 입김이 유리를 부옇게 얼리고, 여자의 얼굴은 희미해진다. 상업 고등학교에 들어가길 바라는 부모님의 설득도 받아들이지 않았던 까닭은 스스로 그림에 소질이 있다는 것을 발견했기 때문이었다. 공부도, 사람과의 소통도 어려웠지만 그림은 쉬웠다.

예쁘지 못한 외모였지만 어릴 적 유일하게 그림을 그리는 순간이면 놀리던 같은 반 남학생들도 잘 그린다고 칭찬을 했더랬다. 고등학교 시절 농어촌 지역 학교에 교육봉사를 온 대학생 오빠가 그림을 좋아한다는 말에 인상주의 화가들의 화집을 선물해주었다. 그날 여자는 두근거리는 가슴에 화가라는 꿈의 씨앗을 심었다. 명문대

학은 아니었지만 서울 근교의 미대 서양화과에 들어갔고, 어려운 집안 형편에 힘든 아르바이트를 병행하면서도 착실하게 그림을 그렸다. 삼십 대 중반에 이르렀지만 외모를 꾸미기에는 살기 바빴고, 그래서 세월은 나이보다 빠르게 그녀의 모습을 퇴락시켰다.

신생 갤러리 공모전에 발탁되어 개인전을 한 번 하긴 했지만 팔리지 않는 그림과 오지 않는 손님, 감당하기 어려운 전시 제반 비용에 진력이 나 가까운 시일 내에 다시 전시회를 열 자신은 없었다. 어느 유명 컬렉터가 어느 날 거짓말처럼 찾아와 작업실의 그림을 골라서 사가는 장면을 상상하다 힘없이 웃었다.

여자는 오늘 밤만큼은 이 곤궁한 공간 밖으로 나가고 싶었다. 크리스마스이브니까. 고요가 엄습한 골목에는 오직 고개를 떨군 가로등 조명만이 고르지 않은 시멘트 바닥의 외피를 비추고 있었다. 골목을 배회하던 여자는 작은 와인바를 발견했다. 언뜻 손님이 없어 보여 몇 번을 망설이다 문을 열었다.

실내의 공기는 순식간에 여자의 얼었던 몸을 안온하게

감쌌다. 이국적인 앤틱 인테리어와 소품들이 독특한 가게. 국적 불명의 외국인 주인은 일요일 아침을 깨우는 서프라이즈 프로그램의 어설픈 재연 배우를 닮아있었다. 한쪽 테이블에 앉아 따뜻한 뱅쇼(따뜻한 와인) 한잔을 주문했다.

혀끝에서 기도로, 지친 몸 구석구석을 위무하며 몸 안으로 퍼져나가는 붉은 뱅쇼가 피를 빠르게 돌게 한다. 금세 체온이 오르고 몽롱해진다. 와인 잔은 테이블 위 촛불이 투명하게 뚫고 지나가는 지점마다 유독 붉은 루비처럼 빛났다. 오늘이 내 생애 가장 춥고 가난한 크리스마스 이브가 될 거야, 나의 미래는 점점 나는 이 새빨간 뱅쇼 한 잔처럼 근사해지고 행복해질 거야. 각혈처럼 튀어나오는 다짐과는 반대로 눈을 통해 연약한 체액이 한 줄기 떨어져 내리고 있었다.

긴 여정을 끝내고 지상으로 낙하하는 눈송이를 안주로, 골목 터줏대감 얼룩무늬 고양이라도 맞은편 자리에 앉아 얼어붙은 심장을 녹일 축배를 들어주면 좋겠다고 생각했다. 혼곤한 취기가 오를 즈음 바 안쪽 커튼이 쳐진 부스에서 또르륵 잔에 술이 부딪히는 소리가 들린다. 바

**Sealed Smile**
2014. 장지에 채색. 90×72cm

주인은 녹색 음료 한 잔을 쟁반에 올리고 손님에게 나른다. 풀색 외투, 감색 겨울 모자를 쓴 남자의 뒷모습….

"오래전 일이지. 그땐 왜 그토록 궁색한 자존심에 나를 해치면서까지 그림을 지키고자 했는지. 그림을 사랑했으면서도 나를 가난하게 한 그림이 미웠어. 온갖 불행은 내가 다 짊어진 줄 알았는데, 결국 여행은 참으로 평등했어. 집어삼킨 생의 고통을 모조리 그림으로 쏟아냈으니 말이지. 나는 그 희열을 착실하게 먹고 뱉어온 괴물이었어."

"어쩌면 아주 오래전부터 정해진 운명이 아니었을까. 자네의 그림을 보고 뱉은 비난들이 사실 자네 자체를 부정했던 말은 아니었는데. 하지만 나를 향한 분노 덕분에 명작이 태어났지 않았는가."

"다 지난 일이지. 곤궁함과 멸시가 싫었는데, 그게 결국 나를 키우는 에너지가 되었다니. 벌써 취기가 오르는군."

"그만 일어나지, 내일 자네 개인전이 있는 날이지 않은가. 일찍 일어나 전시장을 둘러보아야지…."

간헐적으로 두 남자가 읊조리는 소리를 듣다 취기와 함께 잠이 쏟아졌던 것 같다. 어떻게 집에 들어왔는지 기억은 혼미했지만 다행스럽게도 여자는 익숙한 이불에서 몸을 일으킬 수 있었다. 달콤한 뱅쇼 한 모금이 잊히지 않아 가게를 기억해 두고자 길을 나섰다. 분명 이곳인데. 골목을 잘못 든 것인지 구릿빛 와인바 문이 있어야 할 지점에 전봇대 하나만이 멀뚱히 서 있다.

전봇대를 감싼 노란 포스터 한 장에 겨울 햇살이 눈부시게 쏟아지고 있었다.

풀색 외투, 감색 모자를 쓴 남자의 초상.

'12월 25일~3월 6일. 시립미술관 반 고흐 회고전'

## 살아온 시간이 꼭 지금의 나는 아니라는 것

하늘의 무지개를 바라볼 때면

내 마음 뛴다.

내 삶이 시작할 때도 그랬고

어른인 지금도 그렇고

내가 늙어서도 그러하리라.

그렇지 않다면 차라리 죽는 편이 나으리!

*– 윌리엄 워즈워스 〈무지개〉 중에서*

한 달 두 달이 지나면 흩어질 언어들을 굳이 가로채 제한된 공간 속에 가두는 일인 글쓰기. 생각을 묶어놓는 작업을 하던 어느 날 옅은 졸음과 함께 마흔 줄을 넘긴 나를 만난 꿈을 꾸었다. 이상하게도 '내 모습'이 낯설었다.

살아온 시간으로 평가되는 것이 사람이지만, 그때의 그 사람이 꼭 지금의 그 사람은 아니라는 것, 그때 느꼈다.

10년 전의 나와 마흔을 넘긴 내가 대화를 나눈다면 모든 의견들이 척척 맞지 않을 것 같다. 살면서 겪게 되는 많은 경험은 부러 한 사람이 지속했던 생각을 변화시키기도 하는 법이니까.

작품에 있어 늘 내 신작, 근작이 더 잘된 작품일 거라는 모종의 신뢰가 있었다. 더 많이 그렸고, 더 많이 사유한 작품이니 한 살이라도 더 먹고 그린 그림이나 글이 수작일 것이라는 생각에서다. 그래서인지 어느 컬렉터가 내가 무척 마음에 안 들어 하던 4년 전 내 작품을 소장하고 싶다고 떼를 쓴 날은 참으로 의아했다.

지금보다 과거의 그림이나 글이 더 수작이라고 말하는 사람이 있듯, 좋은 작품이 꼭 시간에 익어야만 태어나는 것은 아니다. 그 사람을 둘러싼 상황의 변화는 곧 심리의 변화가 되고, 그때의 환경에 따라서 작품도 변하게 된다.

그런 생각을 할 즈음이면, 마흔 줄을 넘긴 내가 경험을 명분으로 나이를 들먹이며 젊은 생각을 인정하지 않는 것은 아닐지 우려가 되기도 한다. 비단 타인의 젊은 생각뿐 아니라 내 젊은 날의 흔적들도 인정하려 들지 않는다면, 그것은 분명 내가 경계하는 중년의 모습일 것이다.

20살은 40살에게 배워야 하고 40살은 20살에게 배워야 한다는 어느 현자의 말처럼 중년이 지난 나이에도 날카로운 의식과 호기심에 가득 찼던 스무 살의 나를 잊지 않고 싶다.

두 권의 책을 세상에 내놓고, 또 30대의 하루하루를 기록하고 있다. 할까 말까 할 때는 안 하는 게 나은 것이 '말'이라 했고, 여전히 설익은 나를 깨달을수록 말을 뱉는 일은 조심스럽다.

모든 망설임 속에는 두려움이 숨어 있다. 하지만 완전할 수 없음을 인정하는 것, 부족한 시간 또한 기껍게 바라보는 용기를 통해 비로소 자유로워질 수 있음을 믿는다.

사춘기의 풋내가 날 것 같은 문장이, 부푼 감정을 기워 달기 급급한 글들이 언젠가는 부끄러워질 날이 올 것을 안다. 그럼에도 훗날 잊히고 변화할 감정을 이 젊음의 비망록에 소중히 보존해두고 싶은 마음이 앞선다.

더 많은 경험이 쌓인 이후 복원하기 어려울 한 시절의 가치관, 감정, 사물을 보는 사소한 시각들. 나이가 든 후

표현할 수 없을 이 시선을 종이에 잡아채어 놓는다면, 어느 시절에는 젊은 나를 통해 현재를 다시 볼 수 있게 되지 않을까. 과거의 생각을 미래의 주관적 기억으로 위장해 버릴 수 없이 말이다.

그리하여 이 비밀스러운 책을 통하여 중년의 내가 서른의 나를 만나 긴 이야기 나누게 되는 따뜻한 밤이 온다면, 비로소 나는 내 과거로의 특별한 시간 여행을 하는 기쁨을 얻을 수 있을 것 같다.

지금 이렇게 부족한 젊은 날의 기록을 내놓는 이유를, 이 글로 대신하고자 한다.

## 앞으로만 향하는 시간

왕가위의 영화는 늘 습기를 머금고 있다고 느껴서 그런지, 홍콩의 이미지는 늘 비 오기 전처럼 젖어 있었다. 더욱이 푹푹 찌는 여름에 홍콩을 찾아서인지 지나는 풍경이 모두 이미지 속의 홍콩 같다.

미드레벨 에스컬레이터를 타고 전망을 볼 수 있는 곳까지 오르던 중이다. 도시의 언덕을 잇는 에스컬레이터가 있다는 것이 낯설기도 낭만적이기도 하다. 지하철역에 정차하듯이 집으로, 약속 장소로 가는듯한 사람들이 하나둘 내리고 올라타길 반복한다. 좀 더 높은 곳을 향해 에스컬레이터에 발을 올리며 지나가는 풍경을 보니, 영화 〈중경삼림〉의 한 장면이 재현된다.

어느 장면에서 양조위는 사랑하는 사람이 에스컬레이터로 올라가는 모습을 창문 틈으로 바라보았었다. 그 낡은 창문 틈에서 금방이라도 양조위가 슬프고 따뜻한 눈빛을 보낼 것만 같다.

사랑이란 그런 것이다. 늘 조바심 나고 아쉬운 것, 종일 함께 있음에도 그 사람의 눈에서 한 움큼의 그리움을 느끼는 일. 충만하게 하나가 됨을 느껴서 사랑인 것이 아니라, 그리워서 사랑인 거다.

사랑하는 여자의 모습을 한 번이라도 더 보고 싶어서, 헤어지자마자 그리움을 느꼈을 양조위의 모습. 에스컬레이터에 오른 사람도, 창 안에 있는 사람도 그렇게 그리움을 한 줌씩을 주고받으며 젖은 시선에서 멀어졌을 것이다. 유독 잊히지 않았던 장면이다.

다닥다닥 질서없이 붙어있는 간판들, 창문들, 시멘트 조각들에서 지나가는 사랑을 애써 잡아보려는 그리움이 새어나오는 것 같다. 같은 속도로 나아가는 기계 위에 서 있는 사람의 시선을 붙들어보지만, 에스컬레이터는 야속할 만큼 앞으로만 향해간다.

모든 시간의 운명이 그렇듯, 애타는 그리움은 뒤로하고 떠나는 사람의 뒷모습은 같은 속도로 까마득해진다.

# 아름다운 노년을 위하여

노년도 청춘 못지않은 기회이니

청춘과 조금 다른 옷을 입었을 뿐

저녁노을이 희미하게 사라지면

낮에 없던 별들이 하늘을 채우네

*– 헨리 롱펠로*

그날 식사 자리에서, 관상을 잘 보시는 J 아버님께서는 내 오목한 눈의 원인은 그림을 그리며 자주 집중을 하기 때문이라고 하셨지요. 얼굴은 사람의 살아온 시간을 말한다고 들었습니다. 인상이 결국엔 만들어지는 것이라면, 세월따라 변해가는 얼굴은 결국 나의 책임일 것입니다. 노년의 얼굴이 갖는 기운은 결국 살아온 제 습관이 만든 결과이겠지요.

한 인간이 어떻게 살았든, 사실 노년의 죽음은 너무 쉽

**Sealed Smile**
2015. 장지에 채색. 100×80cm

게 삶 전체를 평가해버린다는 생각을 한 적이 있습니다. 한 사람의 인생 안에는 수많은 경험과 영광과 실패가 지나가지만, 죽음의 순간이 어떠했느냐에 따라 삶이 한 문장으로 정의되어 버리기도 하지요. 죽음의 근방으로 인해 승자와 패자의 역사가 나누어지듯이요. 죽음의 근방이 꼭 삶 전체를 말하는 것은 아님에도 불구하고. 어쩌면 그만큼 한 사람에게 노년은 중요한 시기라는 것의 반증이기도 하겠습니다.

노년의 제 얼굴에는 고단한 생활의 흔적이 담긴 주름이 아니라, 가장 선한 주름이 깨끗하게 자리를 잡았으면 좋겠습니다. 미련 없이 불필요한 소도구들을 비우며 비로소 온화함이 흐르는 충만한 노년을 맞고 싶습니다.

중학생이 어른 옷을 입고 어른 흉내를 내는 것처럼, 애써 시간을 거슬러 어려 보이려는 노년의 관성도 어색한 것이 아닌가 생각합니다. 세월을 인정하고 신산함 대신 맑고 깊게 늙어갈 수 있는 노년이라면, 황혼이 오는 것이 꼭 싫지만은 않을 것 같습니다.

그 순간에 이르러 느낄 수 있는 단어가 허무는 아니길

바랍니다. 의미를 찾는 여정이었다면, 그 시간의 탐닉이 다만 무의미하지 않을 수 있도록, 가벼운 살아감에 약간의 존재의 무게는 찾을 수 있게 해달라고 말입니다. 그리고 독야청청 '행복한 죽음'에 닿는 성인군자는 못되더라도 '나는 잘 살았노라'고 납득할 수 있는 마지막 시기를 누리고 싶다고 생각합니다. 젊음을 잘 사는 것만큼 노년에 생을 잘 정리하는 것은 중요한 일이라 생각됩니다.

삶이 감사했다면, 그 역시 살았던 시간에 대한 마지막 책임이 아닐까 생각합니다.

그 시절이 부디, 삶을 향한 집착 대신, 평온할 수 있기를 기도합니다.

## 가장 중요한 순간은 상처 이후

잊었다고 생각한 기억에 따갑게 손을 베이는 날입니다. 화가 난 듯이 날을 세운 기억을 만나면 다시 소스라쳐 뚜껑을 덮게 됩니다. 힐링이라는 것이 사실상 푸른 바다나 디저트 한 접시로 해결될 문제는 아니라는 걸 다시금 느끼곤 합니다.

프로이트는 현실로 받아들일 수 없는 충격을 현실로 끌어들이는 행위가 곧 고통을 완화하려는 노력이라고 했습니다. 기억이 받아들여질 만할 때까지, 인정할 수 있을 때까지 트라우마를 끄집어내는 일. 그래서 힘들었던 기억은 쉽게 지워지지 않고 본능적으로 자꾸만 문틈을 헤집고 나오나 봅니다.

인간은 살아가며 누구나 선연한 상처를 품게 됩니다. 절대적인 크기란 있을 수 없습니다. 누군가에게는 작은 상처가 피를 쏟아내게 할 만큼의 아픔이 되고, 고통을 겪은 누군가는 언제 그랬냐는 듯이 무릎을 털고 일어나버리기도 합니다.

상처의 강도가 중요한 것이 아니라, 다만 상처 이후의 삶이 이들을 어떻게 변화시키는가에 따라 살아갈 시간은 결정되곤 합니다. 납득하기 어려운 상처 이후에도 흔들리는 저를 잡으며 기꺼이 선의를 택하다 보면, 시간이 흐른 후 젊은 날보다 더 그윽한 마음을 가질 수 있을까요?

나를 흔들리게 했던 마음속 작은 생채기들을 보며 생각합니다. 상처받는 순간보다, 상처 이후의 시간이 더욱 중요하다는 것.

## 직업과 취미의 차이

드가는 언제나 혼자 있다고 느꼈고, 혼자 있었다. (……)

자기 예술, 다시 말하면 자신에게 자신이 요구한 것 때문에 혼자였다.

*– 폴 발레리*

현재 시각을 알리는 라디오 광고에 저녁 식사 준비를 하는 일곱 시가 되었음을 알았다. 하루의 석양은 어느덧 지상을 덮고 있다. 오늘도 볕과 바람이 흔들리는 창밖을 가끔 응시한 채 하루를 보낸다. 신혼집 방에 작은 작업실을 마련했고, 일어나서 씻고 간단한 집안일을 마친 후면 밥 먹는 시간을 제외하고는 종일 그림을 그리곤 했다.

다행히도 나는 종일 집에만 있다는 생각 대신 여느 직장인처럼 매일 작업실로 출근을 하고 야근을 하는 것이라고 생각하는 편이다. 출근을 하면 상사 눈치를 보느라 놀고 싶어도 놀지 못하고 일을 하는 것이 당연하듯 작업 중 딴청을 피우는 일은 거의 없다. 사실 그림은 취미이자 직업인지라, 내가 다른 일을 했다면 이토록 집중하기는 어려웠을 것 같은 생각이 든다.

답답한 날도 있다. 무뎌지기는 했지만 외로움이란 감정이 소리 없이 엄습하는 날도 있다. 명확한 결과를 모르는 준비는 시간이 지날수록 쉽지 않은 일이라는 것을 느낀다. 그러나 그림이 좋다고 해서 그림이 나에게 전적으로 취미가 될 수 있는 것은 아니고, 결국 내가 몸담은 주소지는 '작가'라는 곳임을 느낀다. 프로와 아마추어를 가름하는 것은 그 대상을 대하는 태도에서 결정이 난다고 생각했다. 결혼을 해서도 종일 그림을 그리는 나에게, 그 시간이 친구와 놀러 나가도 되고 낮잠을 자거나 쉬어도 되는 시간이 된다면, 나는 다만 아마추어이고 그림은 나에게 어릴 적부터 동경해온 직업이 아닌 일종의 취미활동으로 전락해버릴 것만 같다. 고작 그 정도의 외로움을 참지 못한다면.

늘 관객을 속이지 않는 성실한 작가로 남고 싶다고 했다. 견뎌야 할 분량의 외로움은 견디면서, 그리고 그 외로움 가까이에 다가가면서 좋은 작품을 만들어 주지 않겠느냐고 묻고 싶다. 그 말 없는 시간이 대답해 주는 날이면 또다시 한 작품이 태어나는 희열을 느끼게 될 것이다.

하루만큼 소중한 내 그림이 완성되어 간다. 내가 없으면 태어나지 못할, 결국 이 짧은 삶 속에서만 완성될 수 있는 작품이. 작품을 스스로 진지하고 소중하게 생각하지 않으면서, 그림을 소장하거나 사랑하는 타인에게 그 가치를 온전히 인정받고자 하는 것은 과욕이다. 그래서 작업을 하는 이 순간의 행위가 소중하고, 작품이 소중하다.

취미와 직업이 다르듯이, 직업 화가로 산다는 것은 나에겐 그런 의미다.

## 불안한 미래 앞에 선 너에게

긴 이야기를 못 했지만, 빈 찻잔을 만지며 네가 나에게 다 털어놓지 못한 말들, 지금 네 어깨 위에 무겁게 내려앉은 불안감을 어느 정도는 이해할 수 있었다. 내 20대에도 마음 한 곳에는 그런 불안감이 완전히 지워진 적이 없었고, 오늘의 나 자신도 아직 완벽한 존재가 아닌 까닭이겠지. 그림이 좋아 배운 건 그림밖에 없는데, 이제 곧 서른을 보는 너에게 지금 이 길이 버거울 때가 자주 찾아오는 것 같다.

개인전도 한 번 못한 상황에서 계속 화가의 길을 지원을 해 줄 만큼 집안 형편도 안 되고, 성공이 보장되지도 않고, 그만큼 그림에 의욕이 생기기보다 다른 일에 기웃거리게 된다고 했지. 지금 자리도 못 잡고 예쁘지도 않아서 좋은 남자를 만날 수 있을지도 자신이 없다고. 고작 너보다 한두 해 더 살았다고, 너에게 조언이라는 걸 해줄 수 있는 위치는 아니라고 생각해. 모든 개별적인 존재가 그렇듯 환경도, 가치관도 다르고, 스무 살이 넘은 이상 누구보다 자신을 위해 스스로 판단할 수 있는 존재일 테니까. 오늘 대안이나 위로를 기대했을 너에게, 다만 이런 저런 이야기를 들려주고 싶다.

어릴 적 한 번쯤 좋아하는 일로 근사하게 활동하는 네 모습을 상상해본 적이 있었지. 어른의 문턱을 넘으며 망연히 좋아했던 일들이 멀어졌겠지만, 또한 그 멋진 삶을 사는 어른들이 존재한다는 것을 잊어서는 안 될 거야. 잘할 수 있는 일에서 꿈꿀 수 있는 최대한의 네 모습을 그려보렴. 남들이 말하는 성공보다는 이렇게만 된다면 네가 정말 네 삶에 만족하고 행복할 수 있다는 그런 그림. 무엇보다 꿈에는 돈이 들지 않잖아. 그리고 사람은 결국 자신이 그리던 모습에 가까워진다는 것을 알고 있을 거야.

돌아보면 자명한 사실은, 목표하는 모습에 다가갈 때는 늘 저항이라는 것이 따랐다는 거야. 새가 높이 날아오를 때도 저항이 필요하듯, 모든 인간의 성장에는 늘 어려운 과정이 따라오는 것 같다. 그 저항은 넘어지고 상처받는 순간일 수도, 하고 싶은 일을 위해 쉬운 길 대신 어려운 일들을 굳이 택해야 하는 때나, 나른한 행복을 포기하고 새벽을 깨워야 하는 노력의 순간일 수도 있지. 하지만 늘 희망에 가까워질 수 있는 유일한 길도 노력이고, 두려움을 극복할 수 있게 해주는 가장 큰 힘도 노력에 있다. 하고 싶지만 환경 때문에 포기해야 한다고 말하는 네가, 한 번쯤 좋아하는 일에 스스로가 인정할 수 있을 만큼 능동적으로 미쳐 본 적이 있는지 묻고 싶다. 너를 감동시킬 수 있는 노력이라면, 분명 길이 보일 것이다. 그러니 망설이지 말고 네가 살고 싶은 삶을 위해 좀 더 인내하고 노력해보렴.

그렇게 전진하던 어느 순간, 네가 바랐던 소망들이 근사한 예복을 입고 하나씩 찾아오는 시점이 되었을 때, 상처 입을 날들도 있을지 모른다. 화려한 것들의 이면에는 그만큼의 대가가 따르기도 하니까. 네가 어렵게 성취한 것들을 쉽게 폄훼하거나 상처를 주는 사람들도 있을 것이다. 그럴 땐 한번 나를 돌아보는 시간을 가지는 것도 좋다. 나는 내가 잘 모르는 누군가를 그렇게 지레 판단해버린 적은 없었는지, 상대의 마음을 이해하렴. 그렇게 너에게 상처를 주는 사람들을 상처에 따뜻한 연고를 바르

듯이 대해보면 어떨까. 그것은 일종의 용기이지. 그러다 보면 적어도 네 삶을 꾸준히 동행해줄 진짜 네 사람들을 잃지는 않을 것이다.

혹여 조금 지칠 때면 높은 곳에 올라가 보렴. 나는 늘 자연적인 것을 찾는다. 지극히 도시적인 그림을 그리는 내가 자연적인 것에 취미가 있는 것도 아이러니하지? 몇 년 전 백두산 등반을 한 일이 있었는데, 악천후에 빗방울은 몸을 내리치듯 끊임없이 쏟아지고, 날은 쌀쌀했지. 백두산 정상을 향하는 산꼭대기에서 군락을 이루고 살아가는 꽃들이 있었다. 춥다고, 아프다고 유별나게 구는 일 없이 가녀린 허리를 일으켜 지당한 섭리대로 꽃을 피워내고, 환경에 묵묵히 순응하며 살아가고 있었지. 우리가 모두 자연의 일부이듯, 모든 가진 것에 감사하는 마음과 처음부터 내가 바꿀 수 없는 것들을 받아들이고 극복하는 법을 늘 자연으로부터 배우게 된다.

그리고 난 수수한 네 용모와 웃음이 늘 자연스럽고 예쁘다고 생각했는데, 그게 콤플렉스였던 줄은 네가 오늘 말을 꺼내서 알았다. 하지만 흥미롭게도 콤플렉스라는 것은 네가 콤플렉스라고 생각하지 않는다면 아닌 것

**Sealed Smile**
2014. 장지에 채색. 60×72cm

이다. 매 순간은 부정적인 생각들이 마음에 침투하려 할 때, 긍정적인 생각을 짚는 것은 언제나 마음의 선택이야. 행복이라는 것은 마음에 늘 고여있는 샘과 같아. 행복을 떠서 마시면 계속 채워지지만, 마시지 않으면 그대로 고여 있고 마는 거야. 그러니 있는 그대로의 너 자신을 사랑하고 자신감을 가져 보렴. 네가 너를 사랑해야 타인도 너를 귀하게 여길 수 있다.

그리고 남녀를 불문하고 시간이 지날수록 사람을 아름답게 하는 것은 지혜와 인품이다. 책을 많이 읽고 마음을 넉넉하게 쓰며 향기롭게 익은 여자라면, 그런 너를 알아볼 수 있는 현명한 남자를 만날 수 있을 거야.

말이 참 길어졌지. 진정한 희열은 때론 널 힘들게 하는 저항을 감당하며, 비로소 일어서서 네가 원하는 그림을 그렸을 때 다가오는 신의 선물이라는 것을 잊지 않길 바란다.

*겨울, 지희 언니가.*

## 새벽이 낳은 그림

눈을 뜨니, 아직 까만 새벽입니다. 해가 뜨기 전이 가장 어둡다는 말처럼, 공기는 모든 빛을 삼킨 듯 검고 깊어 가로등만이 힘겹게 어둠을 등에 지고 있는 것 같습니다. 거실로 나가 빈 풍경을 잠시 응시하다 그림을 그립니다. 달그락거리는 소리에 당신이 깨지는 않을까, 붓을 물통에 가르는 소리마저 더 조심스럽습니다.

그러고 보면, 잠이 덜 깬 새벽이 낳은 그림들이 많습니다. 잠이 오지 않을 때면 그림을 그렸으니까요. 새벽을 밝히는 많은 사람들은 저마다 사연이 있겠지요. 깨어 있는 시간 소화하지 못한 일이 많은 이들일 것입니다. 그들과 함께 새벽을 흔들어 깨워 그림을 그리지만, 사실 지금 저는 시간에 쫓길 만큼 잡혀 있는 전시가 없습니다. 그럼에도 그림을 그리는 것이 저 스스로에게는 익숙한 일이지만, 이렇게 그림을 그릴 때면 전시가 언제 있느냐는 질문을 받곤 합니다. 계획이 있어야 그림을 그리는 것이 아님에도.

그림을 평생 업으로 여기고 살 수 있다면 더 바랄 것이 없다고 생각했는데, 지금은 그림이 가져다준 결과적인 부속품들에 점점 익숙해져 버린 것은 아닌지. 그것은 기쁨이자 두려움의 부메랑이 되기도 합니다.

결과에 익숙해지다가 결과가 없는 그리기에 흥이 떨어지지는 않을지, 혹시 지금의 에너지가 힘없이 약한 고개를 떨어뜨리는 것은 아닐지. 시간에 익숙해진 저를 믿으면서도 그런 우려가 완전히 없어지지는 않습니다. 그래서 결과가 주는 나태와 배부름에 적응되지 않으려 노력하게 됩니다. 노년의 휴식을 위해 젊을 적 열심히 일하는 사람들이 많다는데, 저는 노년에 휴식하게 될까 봐 그게 더 겁이 나는 거지요.

시간은 꾸준히 저를 마모시킬 것입니다. 풍화되고 둥글어져도 선연하게 빛나는 마음이 사그라지는 것은 정말로 원치 않는다는 걸 당신도 알고 있으시지요. 육신이 게

을러지고 결과의 단맛에 입맛을 다시며 그림을 그리게 되는 날, 순수한 욕구가 무뎌지는 날의 절망만큼은 느끼고 싶지 않습니다. 그러니 어느 새벽 제가 눈을 떴을 때 망설인다면 제게 붓을 쥐여 주실는지요.

한 부분쯤은 늘 뜨겁고 싶습니다. 아마 그건 저에게 그림이 아닌지 생각하게 됩니다. 남들이 말하는 성공하고 유명한 작가보다, 가장 나다운 작가로 남고 싶습니다. 오직 내가 나인 작품을 하고 싶습니다. 그렇게 오직 저로 소멸하고 싶습니다. 그림이 저에게 쉽게 마음을 열지 않는 시간이 길어진다 해도, 알아주는 이가 없게 된들 제 마음만은 변치 않길 기도합니다. 부디 살아있는 시간 동안 꺼지지 않는 의미이기를요.

가로등이 꺼집니다. 그림자가 깊이 들어옵니다. 아침의 태양이 완성된 그림을 비추러 옵니다.

# 가지 않은 길

결국 추억의 덫에 걸린 그에게 그때 그 여자와 결혼했더라면 아마도 전쟁도 영광도 모르는 남자, 이름 없는 기술자, 행복한 한 마리의 짐승이 되었을 거라는 생각이 혼란스럽게 떠올랐다.

*– 가브리엘 가르시아 마르케스 『100년의 고독 1』 중에서*

채널을 돌리다 인기 쇼 프로에서 최근 제2의 전성기를 누리는 어느 유명 여배우의 모습에 리모컨을 멈추게 되었다. 연기자로서 바쁜 스케줄을 소화할 무렵 그녀는 학업에 대한 미련과 지적 허영으로 대학원을 다녔다고 한다. 지금은 대학원 진학을 왜 했는지 후회는 되지만, 또 그때 석사과정을 공부하지 않았다면 가지 않은 길에 대한 후회가 남았을 것이라고.

하나의 길을 선택하면 나머지 길은 늘 미련이 남게 마련이다. 길은 다시 길로 쪼개지며 산다는 것은 결국 끊임없는 선택의 과정으로 귀결된다. 돌아가더라도 해보는 것이, 후회할 줄 알면서도 미련을 줄이는 길을 선택하는 것이 결국 가지 않은 길에 대한 미련을 털어내는 일이다.

돌아보면 가지 않은 길에 대해 후회를 할 여지조차 두지 않았던 적이 많았다. 그러다 꿈과 현실의 공통분모를 긁어모으다 보면 작든 크든 스스로 만들어낸 보석들이 기쁨이 되기도 했다.

그렇다고 후회가 되는 일이 없지도 않았다. 길은 늘 길로 나뉘곤 했으니까. 그래도 서른에서 마흔으로 가는 길, 아무리 그 길이 현실을 직시하게 만드는 길이라 해도 나는 '최초의 꿈'이라는 바위 하나는 옮길 수 없도록 장치했다. 다른 길은 없었노라고.

후회 없이 사는 사람이 없겠지만, 다만 우리에게 시간은 한정적이고 늘 그렇게 갈라지고 갈라지는 길에 불완전한 선택을 하는 것이 결국 사는 과정이다. 사람은 한 번밖에 살 수 없다. 여러 번 테이프를 감고 돌리고 수정할 수 있다면 모르겠지만, 돌아갈 수 없는 시간의 선택은 후회를 털고 받아들여야 한다.

대부분의 사람들은 후회한다. 아무리 견고해 보여도,

주관적으로 그들은 완벽하지 않고, 상대적인 크기의 후회를 지고 간다.

자정이 가까워져 오던 어느 밤, 못난 후회의 순간을 차근차근 꺼내어 본다. 이유가 없는 것은 없다. 그 후회의 기억에게 너로 인해 오늘 더욱 나다워졌음이 고맙다고 말한다. 언뜻 나를 찌르는 기억의 가시에 화들짝 놀라기보다, 그 선택을 이해하고 나의 일부로 받아들일 때 비로소 후회는 내일을 살아갈 동력으로 바뀌게 된다.

결국 모두 그림자 같은 순간이라면, 험로였다 한들 과거에 발목이 잡혀 마음을 낭비할 필요는 없다.

처음부터 완전할 수 없었음을 인정하고, 보듬어 보는 거다.

# 삶은 20분의 풍경 열차

한때는 그런 생각도 했던 것 같다. 해마다 풀은 파랗게 돋고 꽃은 피는데 꼭 그렇게 일부러 계절을 즐기러 애를 써야 하는지. 순간을 즐기려다 더 나아질 수 있는 미래를 놓쳐버릴까 불안했는지 모른다. 그러나 지금 내 뺨을 지나가는 바람은 내일을 궁리하던 순간보다 달고, 돌아올 수 없을 것처럼 아련하다. 풀냄새로 싱그럽게 젖은 공기에서 마음이 비로소 행복하다 끄덕인다.

정선 레일바이크에 몸을 싣고 여름의 초입을 지나가던 중이었다. 곳곳에 소박한 시골 풍경이 영화 세트장처럼 펼쳐졌다. 터널을 지나고 숲을 거쳐 물을 건너 도착한 마을 한 곳은 어느덧 해가 넘어가고 있었다.

레일바이크에서 내린 후 출발지로 돌아가기 위해서는 풍경 열차에 탑승해야 했다. 풍경 열차, 말 그대로 그리 빠르지 않은 속도로 지나가는 풍경을 담을 수 있는 열차다. 일곱 시가 조금 넘어 열차에 오르니 자연스럽게 밤의 어둠이 마을을 감싸기 시작했다. 앉아서 갈까 하다가 난간에 기대서서 어수룩한 풍경을 바라보았다.

풍경 열차의 소요시간은 20분이다. 제한된 시간 20분, 살아가는 시간이 이 열차처럼 목적지를 향해 가고 있는 것이라면 내 인생은 이제 몇 분가량을 달려온 것일까.

평균만큼 살게 된다고 가정하고 7분 정도로 잡아본다. 압축된 삶의 시간 속을 달리고 있으니, 20분 같은 삶을 어떻게 살아야 할지 지나가는 공기가 속삭여준다. 같은 열차를 탄 사람들을 너무 의식하지 말고, 비교하지 말고, 다만 선물과도 같은 오늘의 풍경을 낱낱이 느껴보라고. 풀냄새도 달빛도 생명의 지저귐과 맑은 공기도 모두 나를 위한 선물이라고. 그리고 이 선물의 시간은 영원하지 않아서, 그때를 지나치면 되돌릴 수 없는 것들이라고.

공기의 음성을 들으며 별을 바라보니 내 남은 13분의 시간으로부터 포근한 훈풍이 불어온다.

**Sealed Smile**
2014. 장지에 채색. 130×97cm

# 그래도 좋은 시대

훗날 훗날에 나는 어디선가

한숨을 쉬며 이야기할 것입니다

숲 속에 두 갈래 길이 있었다고

나는 사람이 적게 간 길을 택하였다고

그리고 그것 때문에 모든 것이 달라졌다고

*– 로버트 프로스트 〈가지 않은 길〉 중에서*

방송에 나온 어느 탈북자가 스튜디오에 앉아있는 학생들에게 남한에서 태어난 것을 정말 감사해야 한다고 미간에 힘을 주어 이야기한 것을 보았다. 그들에게는 하고 싶은 것을 할 수 있는 자유가 그토록 값진 가치로 보일 것이 당연했다.

비단 북한 이야기만 그런 것은 아니다. 미술을 하고 싶었던 아버지는 어려운 집안에서 그림을 그릴 수가 없어

공대로 진학했다. 영문을 모르던 열여섯에 제대로 알지도 못하는 남자에게 시집을 간 할머니에게도 꿈이라는 게 있었을지 모른다. 일찍 돌아가신 할아버지 대신 한 집안의 가장으로 안 해본 일 없이 해가며 시골에서 아이를 키웠던 할머니. 그 세대의 많은 분들이 그렇듯 오직 남편과 아이를 위한 헌신한 어머니들에게는 결혼과 같은 감정의 영역조차 타의에 떠밀려야 했다.

삶 자체가 가족을 위한 헌신이 되고, 가족의 꿈을 자신의 꿈으로 생각하며 꼭 하고 싶었던 일을 포기해야만 하는 사람들은 여전히 있다. 후원하던 미얀마 어린이의 꿈도 자신을 위한 것이 아닌, 가족을 먹여 살리는 것이었다. 부단히 가는 길에서 작은 후회도 없는 완전한 인생은 불가능하기에, 작은 후회들은 그렇게 지나가는 것으로 인정해보려 한다. 지난 시간을 후회할 수 있는 것도 어쩌면 오늘의 환경이 준 마음의 여유가 아닐까.

선택의 길에서 가지 않은 길을 후회할 수 있는 내 여유가, 그래도 나는 부단히 가고 싶은 길을 능동적으로 선택하며 걸었노라 증명하는 것 같다.

## 벚꽃 엔딩

베란다에 하얀 커튼이 드리워졌다. 봄꽃이 피는 소리가 시끄럽더니 봄, 벚꽃이 흐드러져 있다. 유마거사가 "침묵이 우레와 같다"고 표현했던 것은 이런 모습이었을까.

겨울에는 몰랐는데 벚나무였구나…. 흐드러진 꽃잎이 커튼처럼 베란다 새시를 둘러치고 있었다. 올봄은 3월의 잠깐의 이상 고온으로 개나리, 목련, 벚꽃이 한 번에 몽우리를 터뜨렸다. 그러나 4월 첫 주가 되니 비가 오고 날은 다시 칼바람이 부는 평년기온을 되찾고 말았다. 그 바람에, 느닷없이 봄이 온 줄 알고 꽃망울을 터뜨린 벚꽃은 날이 야속한 듯 창백하게 얼어붙은 표정으로 가지를 떨고 있다. 따뜻한 거실 화분의 나무가 흔들리는 벚꽃을 빤히 바라본다. 비바람에 흔들려 진주만 폭격처럼 매섭게 낙하하는 꽃잎들. 우리 집 화분은 추위에 떠는 꽃나무를 보며 무슨 생각을 하고 있는지 모르겠다.

벚꽃이 활짝 피면 정말로 봄인 것 같다. 봄은 다른 어느 계절보다 시작의 설렘을 가득하게 품고 있다. 중학교 다니던 시절 창밖으로 유유히 흩어지던 꽃 비의 장면에 잠시 기억이 머문다. 지난해 꽃송이가 듬성듬성 메워진 여의도의 밤하늘을 걸었던 날에는 탐스러운 벚꽃이 막 튀어 오른 팝콘을 정지 화면으로 보는 것 같았다.

그렇다고 해마다 꽃 구경을 가지는 못했다. 현실적인 바쁨을 핑계로 꽃을 잃어버린 나이도 많이 있었다. 꽃 구경을 할 수 있는 계절도 유한한데, 그것도 잊고 말이다. 매해 보는 꽃인데도, 늘 벚꽃은 처음 보는 것 같은 기대감이 있는 것 같다. 꽃을 볼 수 있는 도시의 여유가 소중한 탓이고, 벚꽃이 가진 괜한 낭만 때문일 것이다.

흐드러진 꽃이 불안하다고 생각한 적도 있었다. 아름답지만 유약하게 매달려있는 꽃이 종래 지고 나면 차라리 안심이 된다고.

가장 아름다운 시절을 만끽하는 분홍 꽃이 긴 여정을 마치고 비로소 대지를 향해 여린 몸을 떨어뜨리고 있다. 비에 씻겨가는 꽃잎의 최후는 어디일까. 긴 여정을 끝내려는 꽃잎 떼가 아스팔트에 허연 몸을 뒤집고 유유히 흘러간다.

# 내 소중한 빈티지 이젤

가구가 예쁜 카페의 낡은 소파에 가격표가 붙어있다. 둘러보니 북유럽 빈티지 가구점을 겸하는 카페였다. 다른 말로 중고 가구인데, 새것을 훨씬 웃도는 가격에 놀랐다. 주인은 백 년 가까이 된 빈티지 가구라서 그렇다고 했다.

가끔은 이렇게 까닭 없이 뒤섞인 빈티지들이 작위적이라는 생각을 할 때가 있다. 빈티지한 디자인으로 찍어낸 대기업 프랜차이즈에서 보는 만들어진 과거를 볼 때, 혹은 고가의 빈티지 아이템들이 주제 없는 컬렉션처럼 소란스럽게 몰려있을 때 그렇다. 그 의미 없는 어색함에는 이상하게도 빈티지 특유의 시큰한 온기가 느껴지지 않았다.

나에게도 아주 빈티지한 미술 도구가 있다. 투박하게 삐걱거리는 이젤이다. 새로운 화판을 받치던 이젤은 10

년이 넘은 노구를 움직일 때마다 힘없이 쉰 소리를 내곤 한다. 오랜 시간을 살아온 내 이젤과 선반, 간이 의자들은 너무 자주 사용하는 것들이라 낡은 정도가 몇십 년은 족히 된 것 같다. 질서없이 묻은 물감이 이미 두터운 지층을 형성하고 있지만, 다른 것들은 몰라도 이 도구들은 바꾸고 싶은 생각이 들질 않았다.

내 빈티지한 이젤은 나의 가장 가까운 곳에서 생활해왔다. 300점이 넘는 작품들이 이 이젤을 거쳐 갔다. 지치는 날이면 하얀 화판을 들고 있는 이 이젤이 순수미술이라는 요원한 길목을 다독여 주는 것만 같았다. 나는 이젤과 함께 꿈을 먹으며 자라왔다. 이젤 앞에서 어느 날은 기쁨에 벅찼고, 어느 날은 울었다. 화가라는 직업을 선험적으로 부여받은 것처럼 어떠한 역사보다 진중했고, 푸르렀고, 가득했다.

나는 내 젊은 날의 대부분의 시간을 이 이젤 앞에서 보냈다. 수입 빈티지 가구의 아성은 명화를 향한 욕망에 버금가기도 하기에, 태생보다 한참 높은 웃돈을 얹기도 한다지만 몇만 원이면 사는 내 이젤은 현실적으로 그럴만한 가치는 없다고 보아야 할 것이다. 하지만 나에게는 스토리가 있는 앤틱이기에 함께 세월을 탄 그 낡음이 소중하다. 내 손에 너무나 익숙해져 이제는 꼭 맞는 태엽과 같은 느낌, 그 시간의 응집을 차마 돈으로 환산할 수 없을 것 같다.

어떠한 물건이 한 사람의 손에서 함께 추억들을 만들어 나간다는 것. 박물관에 진열된 과거의 유물들은 그 시절의 문명을 추억한다. 그래서 이별한 누군가의 낡은 물건을 볼 때 짐짓 그 유품이 몰고 오는 추억이 시려 서글퍼지는 것이다. 오래 쓴 물건은 점성이 높은 추억의 응집이고, 일순간의 울림으로 더 많은 감정을 설명하는 언어다.

영문 모르는 고가의 빈티지보다, 나에게서 빈티지는 그런 의미다.

오랜 시간 한 사람의 손이 탄 모든 물건의 운명이 그러하듯.

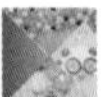

# 버려지는 것을 향한 연민

자세히 보아야

예쁘다

오래 보아야

사랑스럽다

너도 그렇다

*– 나태주 〈풀꽃〉*

왁자한 주말의 홍대 앞, 안방만 한 작은 사케집에 허리를 숙이고 들어갔다. 천정이 낮은 선술집에 담긴 스토리와 낭만은 번화한 거리에서 늘 자석처럼 시선을 끌어당긴다. 간단히 월계관이란 이름의 사케 두 병을 각자 마시고 자리를 뜨려는 데, 멀뚱히 남은 빈 병 두 개가 눈에 밟힌다. 자신에게 붙여진 레테르 효과처럼 다만 선술집의 술병으로서 운명을 마감해야 하는 빈 술병. 병은 처참하게 뜯긴 입구 안을 모두 비운 채 손님이 떠나는 상에 버려져 있다.

빈 병 두 개를 가방에 챙겼다. 스티커를 떼고 잘 씻어 말린 후 아크릴 물감으로 그림을 그리고 리본을 묶었다. 내일은 꽃을 몇 송이 사와 꽂아야겠다고 생각했다. 종종 와인 병, 페트, 음료수 캔 등을 버리지 못하고 이렇게 다른 용도로 세워두곤 했다. 빠르고 비대한 도시에서 쉽게 소비되고 버려져야만 하는 운명들이 아쉬워서 그런다.

넌 원래 술병으로 태어난 것이 아니라, 잠시 네 안에 술을 담았을 뿐이야. 작은 꽃병이 될 수도 있고, 화창한 아침 햇살을 담을 수도 있고, 핑크색 리본이 잘 어울릴 수도 있어.

연약한 사물들 곁으로 다가가 임무를 마치면 버려져야 하는 야속한 속도주의에서 잠시 꺼내어 주고 싶다.

도시의 버려지는 것들에 대한 내 작은 연민이다.

## 불완전함이 완전함을 주장하는 모순

그림을 그리는 것은 유한한 삶에서 끊임없는 질문을 던지는 것과 같다고 생각했다.

아무리 세기를 뒤흔든 명작이라 할지라도 완벽한 작품이란 존재하지 않는다고 믿는다. 끝내 화가는 불완전하고, 따라서 작품도 불완전하다. 예술의 매력은 불완전함이 완전한 가치를 주장하는 데에 있다.

# 예술은 끊을 수 없는 마약

가장 훌륭한 시는 아직 쓰이지 않았다.

가장 아름다운 노래는 아직 불리지 않았다.

최고의 날들은 아직 살지 않은 날들.

*– 나짐 히크메트 〈진정한 여행〉 중에서*

"제가 하고 싶은 조언은, 이제 김지희 작가가 그만 달리고 좀 쉬엄쉬엄 걸어갔으면 하는 겁니다."

스승님 같은 평론가님의 개인전 오프닝 멘트에 잠시 시간을 돌아보게 되었다. 쉬라는 말씀이 "쉬어도 돼, 지희야"라는 위로로 들려 오프닝의 긴장이 좀 풀린 기분이었다.

지난 20대를 돌이켜보면 사람들이 지켜보는 가운데 맥주 한 잔을 원 샷 해야만 하는 벌칙을 이행하는 것과 같았다는 생각이 든다. 숨이 차는 가운데 기도를 따갑게 긁으며 내려가는 액체를 꿀꺽꿀꺽 넘기는 일. 미간이 찌푸

려지면서 잔에 남은 액체를 내려 보며 마시던 잔을 뗄 수 없던 벌칙 상황 같았다. 전시와 마감은 늘 눈앞에 서서 칼같이 나를 기다렸고, 내 젊음을 담보로 고갈된 체력의 마지막 한 줌까지 가까스로 소비하며 지냈다. 일과 여가의 조화는 다른 세상 이야기나 마찬가지였다.

스스로의 힘으로 좋아하는 일을 온전히 하는 데까지 어느 정도의 대가는 치르며 오지 않았나 생각한다. 그 대가를 치르다 보니 어느 순간 여유라고는 찾아볼 수 없을 만큼의 워커홀릭이 되어 있었다. 그렇다고 노력과 결과가 항상 정비례하는 것은 아니었다. 재능이 나를 배신할 수 있다는 각오쯤은 일찍 한 것이 다행이라는 생각을 여러 번 했다. 그래서 적어도 자주 흔들리지는 않았으니까.

좋아하는 일을 선택한 책임. 스릴이라 표현해도 될지 모를 망연한 길에서 나는 여전히 그 길에서 대가를 치르고 있는지 모른다고 느낀다. 그러나 동전의 양면 같은 희열을 놓는 것은 쉽게 상상이 되지 않기에, 나는 이 길 한복판에서 여전히 움직이는 진행형이다.

거대한 기쁨의 실체를 적절히 표현할 말이 없어 또 하던 소릴 하게 된다.

"예술은 영원히 끊을 수 없는 마약 같아."

# 예(禮), 시간에 익어가는 것

그러므로 다례라고 한다. 예는 의식이고 규범이다. 예에 이르러 차도 깊은 경지에 이르는 것이다. 이러한 예식으로 고조되어야 비로소 다도가 완성된다. (……) 자유는 제멋대로라는 뜻이 아니다. 법에 입각할 때 비로소 완전한 자유를 얻을 수 있는 것이다. 제멋대로 한다는 것보다 큰 구속이 또 있을까?

*– 야나기 무네요시 『다도와 일본의 미』 중에서*

"몇 년을 만났지만 여자 친구 부모님께서 제 직업이 마음에 들지 않는다고 결혼을 반대하시네요. 사실 전 준비가 안 돼 있는 것도 조건이 모자란 것도 맞아요. 여자 친구는 저보다 좋은 직장에 다니니까. 그래서 사랑하지만, 우리 사이에 결혼은 금기어예요."

그날 저녁, 지인의 말에 뭐라 선불리 대답할 수가 없어 성급하게 대화를 돌렸다. 얼마 전 결혼을 하고 나니 결혼에 임박한 이들 이야기가 남 얘기 같지 않았다. 결혼 준비라는 것을 처음 해보며 전통적인 혼례의 절차와 의미도 알게 되고, 준비 과정도 대체로 즐거웠다. 물론 이것은 모든 모자란 과정을 너그럽게 이해해주신 양가 부모님 덕분이다.

그러나 최근 결혼 준비가 곧 이별 준비로 귀결되는 경우를 종종 목격한다. 결혼 준비 과정에서 양가의 자존심과 물질적인 요구들은 결정적인 이유가 되고, 그 중간에서 취해야 할 남녀의 태도가 적절하지 못할 경우엔 둘 사이도 빠르게 금이 가게 된다. 물질적 요구의 명분으로 내세우는 것들의 상당 부분은 남들 다 하는 전통적인 절차인 만큼 집안과 자녀에 대한 예와 조건을 갖추라는 것이다.

전통적인 혼례에는 상대를 향한 존중과 정성이 배어 있다. 딸을 시집보낼 때는 한 땀 한 땀 정성 들인 한복과 음식을 보내는 어미의 조붓하고 간곡한 마음이 담긴다. 새로 들어온 며느리가 시부모를 공경하는 곡진한 태도는 사물에 의미를 빗대어 선물하고 인사드린다. 중요한 것은 아들딸을 보내는 서운함과 가족이 되는 첫 번째 인사를 혼례 준비에 담는 것이다.

아나기 무네요시는 책『다도와 일본의 미』에서 되려 제멋대로 하는 것을 구속이라 일갈했다. 세월을 거슬러온 힘이 있는 '예(禮)'에는 역설적이지만 보다 엄격한 의미의 자유가 동반되지 않을까 생각한 적이 있었다. 존중이 빠지고 껍데기만 남은 것을 절차라고 날을 세운다면, 예를 갖추는 것이라 말하기는 어려울 것이다. 그 과정에서 마음을 담는 전통적인 절차는 허례허식이 되고 구식이 되는 것이다.

새로운 가족을 만나는 과정을 넋이 있는 의식으로 예를 갖추기 위해서는 존중감이 전제되어야 한다. 상대에 대한 존중 없는 허장성세를, 다시 말해 품위 없는 절차가 절차로서 의미가 있는 것일까.

카메라와 미디어아트가 나온 후로도 회화는 사라지지 않았다. 편리와 다르게 사라지지 않는다는 것은 가치 있다는 방증이다. 번거로워도 중요한 가치들은 시간에 익어야 한다.

오래될수록 허례허식이 되어가는 것은 예가 아닌 것이다.

## 조용한 잊힘의 애틋함

시간은 더디게 가도 지갑 속의 쿠폰은 빛의 속도로 날짜를 지나친다. 두꺼워진 지갑을 열어 영수증 등을 비우는 날이면 날짜 지난 쿠폰들이 힘없이 나를 올려다본다. 냉장고 깊은 구석에서 유통기한을 무심하게 지나쳐버린 인스턴트 음식을 발견할 때에도, 별다른 추억 없이 쓰레기통에 버려지는 대상과의 허무한 이별을 겪는다.

어느 순간 고등학교 친구들 가운데 많은 이들의 이름이 기억이 나지 않는 걸 깨달았다. 옷감을 서서히 적시는 잔비처럼 인지하지 못하는 사이 시간은 나를 이렇게 끌고 왔다.

왁자한 이별이라, 그 순간이 너무 명료하게 기억이 되는 일들은 차라리 낫다. 눈물과 아쉬움과 그리움으로 스스로에게 이별을 인지시킬 만한 충분함을 겪었기에. 종종 우리는 사랑하는 이의 존재가 아닌 부재로 인하여 그 사람의 육중한 의미를 실감하곤 한다.

그러나 인지하지 못하는 부재만큼 허무한 것이 있을까. 이별이 아닌 이별을 깨닫게 되는 순간, 곁에 있던 대상이 서서히 소멸하고 기억에서 조차 폐허가 되었음을 담백하게 느낀 순간은 더 애틋한 것이다.

조용히 잊힌다는 것은, 대상과의 떠들썩한 이별보다 무서운 이유다.

**Invaluable Moment**
2014. 15×21×18cm. 폴리에 아크릴 채색

## 평범한 일상의 소중함

아침에 일어나 소파에서 간단한 아침을 먹고 커피를 내리는 순간, 푸드덕 몸을 움직이는 새의 그림자가 무릎을 툭 치고 지나간다. 바깥 공기는 베란다 밖의 풍경에서 먼저 전해진다. 신혼집이 마음에 드는 가장 큰 이유는, 키가 큰 나무들이 늘어져 있는 바깥 풍경 때문이었다. 기어이 햇살이 나뭇잎을 뚫고 나갈 때 만들어지는 찬란한 연두색을 좋아했다.

눈부신 연두색을 덜 보는 것이 아쉬워 베란다에 의자와 테이블을 비치했다. 이 바깥 풍경 덕분에 나는 도시 한복판에서 새들의 대화를 들을 수 있고, 햇살과 비와 눈을 온몸으로 받아가며 성장의 양분을 먹고 자라는 생명의 경이를 새삼스레 깨닫게 된다. 아주 사소한 풍경이지만, 자주 보면 조금 더 생각하게 되는 모습이다. 오늘도 소나무 가지의 흔들림으로 바람의 양을 알 수 있고 나무 그림자 사이로 비치는 햇살의 농도로 창밖의 공기를 느낀다.

이곳에서 나는 나뭇잎에 맺힌 빗방울과 쏟아지는 눈송이, 따사로운 햇살과 풀잎 하나까지 사랑하게 되고 이 모든 것들이 화폭에 실릴 수 있는 평등한 대상으로 여기게 된다.

나 역시 질서에 의해 순환하는 자연적인 존재라는 것을 바깥 풍경으로부터 배운다. 아주 작은 들꽃에도 우주는 있다. 이 들꽃은 어떻게 태어나면서부터 꽃을 피우는 법을 알았을까. 법구경에서 불립문자(不立文字)는 문자를 앞세우지 않는다는 의미를 가지는데, 자연의 이치야말로 설명이 굳이 필요하지 않은 경이로 느껴진다. 자라는 법을 알고 태어난 작은 씨앗의 무궁무진할 가능성이야말로 '예술적'이라는 수식어가 어울린다. 인간에게도 지극히 평범한 하루에서 자연과 가까운 질서가 있다고 여겨지는 것이다.

매일 그림을 그리고, 건강한 재료로 밥을 짓고, 알맞은 시간에 사랑하는 사람과 마주보며 밥을 먹고, 어둠이 깊은 시간 잠자리에 들며, 방 안 깊숙이 들어온 햇살에 눈을 뜨는 것. 그래서 생활의 단조로움은 지루함과 동일어가 아니다. 단조로움 속에 들어있는 자연스러운 질서를 받아들일 때, 한 송이 꽃과 내가, 넓게는 저 우주와 내가 다를 것이 없는 것 같다.

전통 조각보가 아름다운 이유는, 스토리가 있는 자투리 천들이 모여 큰 그림을 조화롭게 완성하는 것으로 생각했다. 무엇을 위해서만 살기보다는 이야기가 있는 자투리 천들과 호흡하며 전체를 살아가는, 그런 삶.

그래서 저 자연과 다름없는 평범하게 일상을 소중하게 받아들인다.

그러니, 일상을 누리는 현재의 소중함을 늘 기꺼워하려 한다. 가까이 있다고 해서 너무 하찮게 생각되지 않도록.

## 스스로 행복할 것

영화 〈그래비티〉를 보며 인간이라는 존재가 얼마나 하찮은지를 알게 된다. 결국 지구 안에서 땅따먹기 놀이를 하다 100년 남짓의 짧은 시간을 살고 떠나가며 지구라는 거대한 전체를 만드는 일부로 존재할 뿐이라는 것. 우주에 서서 지구를 본다는 느낌은 지구 안에서 지구를 보는 것과는 아주 다른 느낌이다.

사람은 과거의 빛으로 별을 겨우 찾을 수 있을 만큼 거대한 우주 속의 작은 존재다. 아무리 돈을 벌어도 지구를 네모로 만들 수 없고 화성 목성을 끌어와 지구에 붙여 내 땅을 만들 수도 없다. 눈에 잡히는 물질을 목적으로 사는 것도 한계가 있고 눈에 보이지 않는 힘을 좇으며 살아도 결국 작은 지구 안에서 스스로 힘들 뿐이다.

행복은 제한된 물질을 땅따먹기처럼 빼앗는 것이 아니

라, 이미 마음속에 저장된 가치다. 그래서 물질로 채우며 빈 곳을 아쉬워하기보다, 행복을 만드는 화수분이 되듯 스스로 행복해져야 한다.

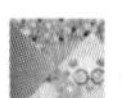

# 서른, 청년과 어른 사이

'젊음' 하면 생각나는 몇 가지 모습이 있다. 어른이 되어야 하는 이들이 저마다 흔들리는 정신을 안고 도시의 야경을 바라보는 모습. 조르바를 읽고, 바다를 좋아하고, 그리워하고 싶어 그리움을 찾는 사람들의 풍경, 그리고 목표를 정해놓고 가능성을 향해 몸을 던지는 젊은이들. 여기까지는 아름다운 젊음의 모습이다. 그러나 대부분 희망적이기만 하던 '나'의 실체를 깨닫는 순간이 온다. 자신을 잊고, 세상이 잠시 장치해 준 완장과 내 알맹이를 혼동하는 순간, 비로소 젊음이 지나 어른이 되어가는 것 같다.

어른이 되는 시간은 정확히 언제부터인지 정의할 수 없지만, 사회적인 문제에 도의적인 미안함을 느낄 때와 의식이 살얼음 낀 듯 굳어가는 것을 느낄 때, "대부분의 문제는 시간이 해결해 준다"는 말을 믿게 되는 순간이다. 그런 순간이면 켜켜이 쌓인 시간의 중량을 조금은 느끼게 된다.

결혼이라는 관문을 통과하고 엄마가 되면서 그래도 삶의 중턱에는 왔다고 생각했지만, 그럼에도 내가 서 있는 이 지점에서 어른이 되었다고 대답하는 것은 머뭇거리게 된다.

"나는 어른이다."라고 확신하게 되는 순간이 언제쯤 올 수 있을지 아직은 모른다.

어쩌면 영원히 머뭇거리게 될지도 모른다.

**Sealed Smile**
2013. 장지에 채색. 90×72cm

# Chapter 05

# 호분 _ 하루의 민낯

# 하얀 소설

"아트앤컬렉터 김지희 팀장님이시죠?"

"네, 맞는데요."

"제 작품들을 보여드리고 싶어 포트폴리오를 들고 왔습니다. CD 안에 고해상도 작품 파일들과 작업 노트가 있고요. 귀사에서 기획하시는 전시에도 꼭 참여할 수 있게 해 주세요."

서른한 번째 언론사에 작품 포트폴리오를 떠밀다시피 주고 나오는 남자는 주먹을 불끈 쥐었다. 자신보다 어린 잡지사 팀장에게 구걸하듯 자료를 내미는 것에 부끄러울 것도 없었다. 오직 은주 앞에 당당하게 나타날 수 있는 날을 생각하면 아무것도 눈에 보이지가 않았다. 신호등

앞 가을바람이 그녀와의 솜사탕 같던 기억을 싣고 온다.

그해 가을, 교양 수업에서 만난 영문과 여학생은 남자의 인생을 송두리째 뒤흔들어 놓았다. 막 제대를 하고 민간 사회의 모습이 처음처럼 새롭게 다가오던 시기, 군 시절의 부지런함이라면 뭐든 할 수 있을 것 같았던 때에 남자는 처음으로 진지한 교제라는 것을 해 보았다. 단순한 이성에 대한 호기심에 늘 헤펐던 마음과는 달랐다. 3년간의 교제기간 동안 진담 반으로 결혼 이야기를 나눌 때면 많은 것들이 새로운 희망으로 다가왔다.

남자에 비해 넉넉한 집안, 졸업 후 대기업에 취업도 한 그녀의 모습은 나날이 아름다워졌다. 그녀의 수입이 높아지고 그녀가 가진 모든 조건들이 부각되기 시작할수록 남자는 불안했다. 불안함은 곧 집착과 히스테리로 변해 갔고 때로 클럽에서 가볍게 만난 여자와 바람을 피며 자격지심을 해소했다. 여자를 가볍게 만날 때면 이미 마음속에 여신처럼 굳어져 있는 그녀에게 느꼈던 좌절감들이 순간 마비되는 듯했다. 잠깐이지만 남자의 새로운 매력을 찾아주는 여자들 앞에서 늘 작았던 자존감이 회복된다고 믿었다.

그 무렵 여자의 부모는 마땅한 직업이 없는 무명 조각가였던 남자와의 교제를 반대했다. 그리고 여자는 여자에게 믿음을 주지 못하고 무척이나 예민하게 자존심을 세웠던 남자와의 교제를 눈물 한 방울 없이 정리했다. 네가 너무 좋아서, 너무 사랑해서 그랬다고 오열도 해보았지만 여자는 차가웠고, 여자가 냉정해질수록 남자의 절실한 집착도 고조되어갔다.

몇 달의 매달림 끝에 그는 성공해서 그녀를 찾으리라 마음을 먹었다. 오직 성공 외에는 아무것도 보이지 않았던 남자는 미친 사람처럼 상업적 이슈가 될 만한 작품을 만들었고, 조금이라도 자신을 도와줄 수 있는 사람이 있으면 애원하듯 매달렸다.

남자는 전력으로 폭주하는 자동차처럼 작품을 쏟아냈고, 작가로서의 유명세가 올라가던 즈음 여자의 결혼 소식을 들었다. 상관없다. 어떻게든 그녀는 나에게 돌아올 것이다. 그리고 오직 그녀에게 후회를 남기고 싶다. 후회로 인해 여자의 인생이 엉망이 되길 바란다. 그리하여 후회에 뒤엉킨 초라한 그녀를 소유하고, 신파극처럼 길었던 애증의 여정에 마침표를 찍고 싶다. 남자는 방백 하듯 세상을 향해 중얼거렸다.

남자의 작품이 본격적으로 세상의 주목을 받게 된 것은 예고 강사를 그만두고 떠난 2년간의 영국 유학 시절이었다. 런던을 넘어 세계적으로 유명한 컬렉터 C는 한 갤러리 기획전에 출품했던 남자의 작품을 어마어마한 가격에 매입했다. 곧 남자는 국제적으로 체인이 있는 G갤러리의 전속작가가 되었고, 남자의 작품은 뉴욕 크리스티 옥션에서 국내 생존 작가 최고가를 경신했다.

성공한 남자는 보란 듯이 자신의 책에 여자와의 추억을 열 페이지 분량으로 적으며 여전한 그리움을 뱉어냈다. 인터뷰에서는 첫사랑의 기억 때문에 새로운 사람을 만나길 머뭇거린다며, 사실 그녀를 만나서 하고 싶던 이야기들을 흘렸다. 어딘가에서 분명 그녀가 자신을 지켜보고 있을 거라 믿으며.

마흔두 번째 생일, 세상에 부러울 것이 없게 된 남자는 서울 종로에서 가장 높은 빌딩 꼭대기에 작업실을 마련했다. 그곳에서는 그녀가 일하는 회사가 한눈에 내려다보였다. 이번 주에는 첫사랑을 찾아주는 TV 프로그램을

**Sealed Smile**
2015. 장지에 채색. 90×72cm

통해 그녀를 당당히 찾을 예정이었다.

남자는 상상한다. 스튜디오에 어색하게 나타나 후회와 추억의 아픔으로 눈물을 흘릴 그녀의 모습을. 성공한 네가 나를 다시 찾아줘서 고맙다며 황홀해 할 표정을.

스튜디오 녹화를 앞두고 프로그램 작가에게서 전화가 왔다.

"작가님… 죄송하지만 찾으시는 여성분이 출연 의사가 없다고 하십니다. 그리고 작가님께서

보란 듯이 여기저기서 첫사랑 이야기하시는 거 너무 곤란하고 싫다고 전해달라고 하셨어요."

작업실로 돌아간 남자는 핸드폰을 꺼내 메시지를 적는다. 담배를 물고, 힘겨웠던 추억과의 투쟁을 놓아보려 어깨에 힘을 빼고 눈을 감는다. 눈물이 뺨을 타기 시작하며 지상으로 영원히 낙하리라 마음먹는다.

같은 시간 여자는 작은 아파트의 아늑한 주방에서 남편과 아이들을 위한 오니기리를 만들고 있다.

'김 작가님, 높은 작업실이 부럽다고 했죠.

끝내 미친 사람처럼 오른 가장 높은 곳에서 깨닫게 된 것은 더 올라갈 곳이 없다는 사실.

그것뿐입니다.'

## 1등이 주는 짧은 행복

영화라는 매체는 나에게 여행과 같은 의미다. 벽으로 둘러쳐진 작업실 밖의 세계를 탐험하고 두 시간가량의 러닝타임 안에서 타인의 삶과 사상을 빠르게 훔쳐보는 행위. 4년간 미술 영화 리뷰를 연재해온 이후에도 틈틈이 아마추어적인 영화 리뷰를 기고하곤 했다. 여러 일들로 바빴던 겨울날, 설국열차의 굵직한 전개는 또다시 나를 익숙한 생각으로 귀결되게 만들었다.

17년 동안을 철저한 계급 사회의 최말단에서 남루하게 살아온 커티스의 혁명 계획으로 시작되는 영화는 이미 처음부터 한정된 기차 안의 혁명임을 포석으로 둔다. 명료하지 못한 혁명의 목적이 다만 앞칸과 뒤 칸이 전복되는 것이라면, 결국 기차의 생태를 유지하는 사상도, 궤도도 달라지지 않는다는 자명한 사실은 영화의 시작부터 무력한 허무를 드러내고 있다. 비릿한 피를 수반하는 꼬리 칸의 혁명의 과정은 결국 자유의 이름 뒤에 누리고 싶은 앞칸을 향한 열망이 반영된 것이고, 무의미한 선로 위를 선회하며 탄생과 죽음을 맞이하는 인간의 생태는 필연적이다. 결국 그 무엇도 바꿀 수 없는 현실은 커티스 혁명의 궁극적인 목적에 대한 의문을 갖게 했다.

커티스는 영웅적인 혁명으로 힘겹게 엔진 칸에 당도한다. 그러나 커티스 앞에 나타난 윌포드는 엔진을 뺏기지 않으려는 절대 권력자이기보다, 엔진이라는 막중한 책임 아래 감정 없이 얼어버린 기계의 부속처럼 무력하다. 엔진을 차지하고자 질주한 커티스에게, 어쩌면 허탈하게도 엔진을 책임져 주길 부탁하며 자신을 연민하는 윌포드는 커티스에게 혼동을 주는 모습이다. 어쩌면 뚜렷한 목적을 향해 나아가던 혁명의 과정이 거대 엔진 앞에 홀로 선 커티스에게는 더욱 희망적이었는지도 모르겠다.

그래, 그러니 1등 하겠다는 목적으로 살지는 말아야지. 다른 사람들 이기고 최고가 되려고 하지는 말아야지. 나는 오직 나로서 살며 내가 닿고 싶은 아주 주관적인 목적으로 그림과 함께 걸어가야지. 나와 내 그림을 좋아해 주는 사람들, 내가 떠나간 이후에도 그림으로 더 먼 미래의 존재를 만나는 것. 타인과의 비교가 아닌 하루하루 좋은 작품이 태어나는 것 자체로 노력하고 만족하는 것 말이다.

꿈과 환상은 향해가는 여정으로 인해 행복해지는 것이고, 가장 가까이 다가간 순간이 가장 큰 행복으로 다가오곤 한다. 단순한 꿈의 쟁취를 곧 거대한 행복과 맞바꿀 수 있을 거라 확신한다면, 행복은 순간 무력해질 가능성이 높다. 가장 높은 곳 자체가 목적이 되어 1등 하지 못한 나를 사랑하지 않고 달려가기만 한다면, 그 꼭대기에서 더 높은 곳이 없다는 사실만을 확인하고 내려와야 할 허무는 감당하기 힘들 테니까.

커티스와 윌포드의 허망한 대치의 장면에서 트리나 폴리스의 그림책 〈꽃들에게 희망을〉이 스친다. 중학교 시절 내게 깊은 인상을 주었던 짧은 동화다. 페이지를 가득 메운 그림과 몇 줄의 문장으로 구성된 단출한 책이었지만, 어느 페이지의 애벌레 탑 그림은 오래도록 기억에 잊히지 않았다. 유한한 생존기간 안에 더 높은 곳으로 올라가려는 애벌레 무리들은 탑을 이루지만, 애벌레 탑 꼭대기에 가야만 하는 목적은 애벌레 자신도 모르고 있다.

애벌레 무리들이 탑을 쌓는 동안 고치 안에 들어갔던 애벌레는 나비가 되어 유유히 날아올랐다. 그리고 〈설국열차〉의 남궁민수는 죽음의 외부에서 생명을 지탱해주는 기차의 벽을 문으로 인식하고 비로소 새로운 패러다임을 향한 해방감을 만끽한다.

우리의 인생에 대입하여 해석하기에는 조금 억지스러울 만큼 거대한 그 희망의 정체는 무엇일까.

설국, 무엇이든 그려낼 수 있는 순백의 캔버스와 같은 미지의 세계. 그곳으로 관통하는 희망의 문은 어쩌면 이미 우리 가까이를 지키는 벽으로 존재하고 있지는 않을는지.

## 숭고한 무모함, 그래서 위대한 개츠비

막 지나간 내 20대에 적지 않은 영향을 준 소설로는 『참을 수 없는 존재의 가벼움』『테스』『위대한 개츠비』『젊은 베르테르의 슬픔』, 까뮈의『이방인』 정도를 꼽을 수 있을 것 같다. 과잉된 감정 뒤에 쌉쌀하리만큼 개운한 뒷맛을 남기는 허무주의가 매력적이었다. 약혼자가 있는 로테를 지독하게 사랑하다 권총 자살로 생을 마감한 베르테르는 되려 로테를 사랑하는 자신의 사랑에 취해 죽어버린 것 같았다. 내가 소설에서 만난 개츠비도 그러했다.

스콧 피츠제럴드의 동명 소설을 원작으로 한 루어만의 〈위대한 개츠비〉는 2차 대전 이후 호황기를 누린 뉴욕의 화려한 이미지가 한 편의 뮤지컬처럼, 신기루처럼 뿜어져 나온다. 주가가 폭등하는 1920년대의 월스트리트, 부와 가난의 격차는 벌어지고 도시의 자본은 과잉되며, 아메리칸 드림이 쓸쓸하게 부풀어 오르고, 파티의 반짝임과 소음은 신기루처럼 각자의 외로움을 덮어버린다.

5년 전 지독한 가난 때문에 상류층 여자 데이지를 놓친 개츠비는 데이지가 부유한 남성과 결혼하자 데이지를 되찾는 것을 목표로 수단과 방법을 가리지 않고 돈을 번다. 오직 데이지가 돌아오게 하는 것을 일생의 목표로, 데이지의 집 건너편에 저택을 짓고 매일 밤 성대한 파티를 열며 언젠가 데이지가 우연히 찾아오길 기다린다.

화려한 돈과 파티, 셀러브리티로 둘러싸여 찾아온 옛사랑은 한철 달콤하게 무르익는 듯했지만 데이지에게 사랑은 남편을 버리고 자신을 던질 만큼 절실한 대상은 아니었다. 데이지는 "나는 영원한 사랑의 기념비가 아니라, 그냥 사람이야"라고 외칠 수 있을 만큼 영악한 어른이었고, 개츠비는 그 순간마저 데이지라는 생의 우주를 망가뜨리지 않을 만큼 순수했다. 데이지는 개츠비가 만들어낸 이상 속 우주이자 신기루였다.

개츠비에게 상류층의 아름다운 데이지는 순결한 사랑의 대상을 넘어 신분에 대한 최초의 저항이자, 지독하게 가난한 출신 성분이 만들어낸 트라우마가 비로소 안식할 수 있는 피안이었을 게다. 비로소 데이지로부터 치유 받을 수 있었기에, 개츠비의 사랑은 결국 기념비가 되고, 신성한 우주가 되어 무모한 꿈에 미치도록 달려들게 했을 것이다. 사랑으로 위장한 껍데기 속살에는 계급에 대한 욕망, 부에 대한 갈망이 꿈틀대고 있었던 것을 본인 스스로도 깨닫지 못할 무렵, 이미 개츠비는 데이지를 사랑하는 것이 아닌, 목적을 향한 열망에 흠뻑 취한 것 같았다.

오직 데이지를 향해 살았던 개츠비였지만, 불명예로 쓸쓸히 끝난 개츠비의 죽음 앞에는 껍데기로만 막역했던 셀러브리티들도, 휘황한 파티의 불빛도 없었다. 현실적인 인간으로 돌아온 데이지는 태연하게 남편과 일상을 즐긴다. 과잉된 감정 뒤의 개운한 허무함이다.

개츠비를 수식하는 'Great'에 대한 번역은 여전히 분분하다. '위대한'이라는 수식어에 담긴 반어적인 의미에는 약간의 조롱까지 섞인 듯하지만, '위대한'이라는 수식어를 기꺼이 헌사 하고 싶을 만큼 개츠비의 삶은 무모한 희

**Sealed Smile**
2013. 장지에 채색. 50×50cm

망을 향한 노역이었다.

자신을 태워 소멸시키는 무모한 불씨의 기별을 알면서도 감정을 태우고, 결국 자신을 태워 소멸시키고 난 후 까맣게 타들어가 죽어버린 자리. 이내 언제 그랬냐는 듯 태양이 눈부신 빛을 내리쬐는 곳에 잉태한 씨앗. 무모한 순수가 잉태한 그 감정의 위대함도 결국 '무모한' 예술이 갖는 의미가 아닐는지.

아마 개츠비는 지금도 자신을 태워 없앤 숭고한 무모함을 후회하지 않을 것이다.

# 위플래쉬

훌륭한 음악가 제자를 만들기 위해 폭군이길 자처하며 제자를 벼랑 끝으로 몰아세우는 플렛쳐 교수. 그리고 그 폭언을 견디며 자해에 가까운 연습으로 천재가 되길 갈망한 제자 앤드류의 이야기.

요즘은 열정보다는 효율과 균형을 추구하는 스마트한 젊은이들이 많은 시대다. 그래서 시대와 맞지 않는 '젊은이의 과하게 순수한 열정'에서 지난 시절에 대한 연민이 일었는지 모르겠다.

그랬던 스승이 생각났고, 미련했던, 아니 어쩌면 여전히 미련한 내가 중첩되었다. 많은 새벽을 울렸던 눈물과 피로와 두려움이 생각났다. 덕분에 더 미련해졌고, 더 순진해질 수 있었다. 그 미련함으로 오늘을 살 수 있게 되었다.

다행이다. 고맙다.

## 중요한 가치를 위한 여백

흰 화면, 그 하얀 자취는 두근거리며 막막하고 희망적이다.

작업을 시작하기 전, 흰 평면을 볼 때 하얗고 거대한 침묵의 에너지를 느낀다.

무늬 없는 흰 접시를 좋아하는 것도, 꼭 접시 위에 요리를 담는 것이 그림을 그리는 기분이 들어서였다. 작품은 균형을 이룰 때 아름답다. 접시도 요란하고 음식도 요란하면 혼탁하게 색이 섞여 먹음직스러운 기운이 빠져 보일 때가 많다.

화폭에서도 힘을 실어야 하는 곳과 풀어야 하는 곳을 알아야 하듯, 요리에서도 음식의 색이 살기 위해 숨이 트이는 공간이 필요하다. 결국 모든 사는 이치가 그런 것이 아닐는지.

## 가장 유일한 존재

자신의 마음을 스승으로 삼아라. 남을 좇아 스승으로 삼지 마라. 스스로를 잘 닦아 스승으로 삼으면, 참으로 얻기 어려운 스승을 얻을 수 있나니라

*– 법구경*

또다시 불쑥 튀어나오는 짝퉁 출몰에 골머리를 앓았다. 소위 이미지가 '풀려버리는' 상황은 어느 작가에게나 경계해야 할 일이다. 몇 년 전 일본에서 짝퉁 티셔츠가 제작되어 한국에 역수입돼 제보를 받은 일 이후 또 동대문에 조악하게 그림을 따라 바느질한 티셔츠가 출몰해 연락을 받은 차였다.

제보를 받은 티셔츠를 손에 드니 문득 '왜'라는 물음이 앞선다. 의류시장의 뒷골목에서 잔뼈가 굵은 사람이라

면 충분히 감각적인 이미지를 제작할 수 있었을 것 같은데…. 이 티셔츠를 만든 사람은 작품 이미지를 그대로 쓴 것도 아니고 그림 이미지를 따라서 다시 그리고 재봉한 티셔츠를 만들었다. 왜 하필이면 이런 방법을 써야 했을까.

잘하든 못하든 이미지를 창작했다면 이런 식의 오명을 쓰지는 않을 텐데 왜 누군가를 따라해 '짝퉁'이란 이름으로 가치를 지하까지 추락시키는 것인지. 화가 나는 마음에 앞서 타인의 창작물에 무임승차하며 자신이 누구인지도 모른 채 정체를 잃은 이 티셔츠의 마음을 탐색했다.

모두 다르게 태어난 각자의 존재는 누군가의 이미테이션이 아닌 각자로서의 가치를 지닌다. 해변의 모래알을 확대해보면, 똑같아 보이는 모래알도 형형색색 다른 모양을 한 아름다운 개체인 것을 확인할 수 있다. 우리 역시 태어나면서부터 고유한 각자의 존재로 세상에 나왔다.

판화보다 원화가 비싼 것은 에디션이 없는 유일함의 가치가 있기 때문이고, 물보다 다이아몬드가 비싼 것도 중요도의 차이가 아닌 희귀한 탓이다. 그림에도 오리지

널이고 짝퉁이 있듯, 사람은 그 사람 있는 그대로가 명품이고 오리지널이다.

누구나 자기 자신일 때가 가장 가치 있고 그 가치를 알고 가꾸어 나갈 때가 가장 아름답다.

원하는 누군가가 될 수 없다면, 유일한 자기 자신이 되어야 한다.

## 오래된 가사

참 모질었던 삶이었지만, 늘 황폐했던 맘이지만 그래도 너 있어 눈부셨어

시간에게 속아 다른 누군가에게 기대 서롤 묻고 산다고 해도 날 기억해줘

너와 나눈 사랑은 참 삶보다 짧지만 내 추억 속에 사는 사랑은 영원할 테니까

꼭 찰나 같던 찬란했던 그 봄날을

*– BMK의 〈꽃피는 봄이 오면〉 중에서*

운전을 하다 라디오에서 흘러나오는 음악이 너무 직설적이고 거칠어 볼륨을 낮추었다. 곡과 함께 느낄 여지를 막아버리는 느낌이랄까.

생각해 보면 가사가 정말 마음을 메이게 하는 곡들이 있다. BMK의 〈꽃피는 봄이 오면〉 김광석의 〈편지〉나

이적의 〈로시난테〉, 김동률의 〈이방인〉 같은 곡들이다. 이적이 〈로시난테〉라는 곡을 발표했을 때 문학의 낭만이 연극이나 영화로 변주되는 것을 넘어 대중가요로 불린다는 것이 신선하게 다가왔다. 돈키호테의 낭만이 깃든 음악을 며칠 동안 반복해서 들으며 초원 위를 달리는 로시난테와 돈키호테의 모습을 상상하곤 했다.

〈꽃피는 봄이 오면〉은 한 철 짧은 사랑을 지나가는 봄에 비유한 애잔한 가사가 여운을 붙든다. 시적인 표현과 은유뿐 아니라 가수의 뛰어난 가창력도 더해지니 한순간 봄의 감성으로 빨려들어 가는 것 같다. 이 노래는 기억이 기억으로서 아름다울 수 있음을 보여 준다고 생각했다.

그에 비하면 요즘 가사들은 더 이상 생각해 볼 것도 없이 직설적인 경우가 많다. 연인과의 아픔에 "왜?" 라며 사랑에 포박을 씌운다. 멀어지는 사랑을 안타까워하지 않고 형벌한다. 김광석의 〈편지〉에 더 좋은 사람 만나길 애틋하게 빌어주는 배려가 있다면, 똑같이 당하게 해주겠다는 복수의 칼날을 세우는 가사가 많다. 이별의 상황을 표현하는 비유의 방법도 너무 자극적이라 가끔은 발라드 제목인지 믿기지 않는 직설화법에 이내 질리기도 한다.

옳다 그르다 말할 수는 없지만, 한 번 돌려서 말하는 가사에서 말하지 못한 여운을 짐작하게 하는 여백을 느낄 수 있는 곡이 좋다. 그래서 들을 때마다 그 여백 사이로 그 순간의 생각들이 호흡할 수 있었다. 좋아하는 뮤지션들이 그런 좋은 곡들을 선물처럼 발표해 주어 영감이 되어주었으면 한다.

밤의 강변북로를 지나다, 또다시 오래된 플레이 리스트를 재생한다.

## 희망을 파종하는 사람 편

어려운 형편과 그림에 대한 열정이 담긴 메일에 무엇을 해 줄 수 있을까 잠시 고민했다. 나 역시 막연했던 학창시절이 있었으니까. 재료를 사러 갔다가 메일을 보낸 학생에게 보낼 몇 가지 미술 재료들을 같이 구입했다.

어느 날부터 어린 학생들에게 메일이 오기 시작했다. 그림이 몇 장 첨부된 메일에 그림에 소질이 있다면 꼭 승부를 걸어보고 싶다는 유의 내용이 담겨있다. 늘 성의껏 용기를 주는 편에 선다. 그리고 그 말의 씨앗이 좋은 터에 잘 뿌리 내려, 그 사람을 원하는 길로 살게 하는 희망이 되길 바란다. 어릴 적 희망을 준 사람들의 기억은 오래도록 가늘게 타는 촛불 같은 용기가 되곤 했다. 내가 희망을 먹고 자랐듯, 그렇게 희망을 파종하는 사람이고 싶다.

## 진정성은 마음을 배신하지 않는다

마이애미에서의 어느 밤, CES라는 닉네임을 쓰는 그래피티 아티스트의 전시에서, 나는 작품의 디테일함에 놀랄 수밖에 없었다. 스프레이로 어떻게 이런 완전한 형태가 가능한 것인지, 한 점의 작품에서 오랜 시간 한 가지 재료를 다루어온 작가의 노력이 고스란히 드러났다. 붓으로 해도 어려울 작업을 단지 작은 캡을 씌운 스프레이로 하고 있었다.

재료를 막론하고 일필휘지(一筆揮之)는 동양화 붓에서만 국한된 표현이 아니라는 것을, 한 사람이 한 재료와 수만 시간을 함께할 때 비로소 아우라를 전할 수 있음을 경험했다.

어떤 일이든 오랫동안 한 가지 일을 끈기 있게 사랑하는 행위. 그 시간과 진정성은 결국 마음을 배신하지 않는다.

**Sealed Smile**
2013. 장지에 채색. 50×50cm

# 돈, 불편한 끝 맛

영원한 회귀의 신화는 부정의 논법을 통해, 한 번 사라지면 두 번 다시 돌아오지 않는 인생이란 하나의 그림자 같은 것이라고, 그래서 그 인생은 아무런 무게도 없고 처음부터 죽은 것이나 다름없어서, 인간이 아무리 잔혹하고 아무리 아름답게 살아보려고 해도 그 잔혹함과 아름다움이란 것조차도 무의미하다고 주장한다.

*– 밀란 쿤데라 『참을수 없는 존재의 가벼움』 중에서*

밀란 쿤데라 소설 『참을수 없는 존재의 가벼움』의 주인공 토마스와 사비나의 어깨를 무겁게 짓누른 것은 삶의 무거움이 아닌 참을 수 없는 가벼움이었다. 한 번밖에 살 수 없는 것은 오직 살지 않은 것과 같음을 우회적으로 일갈하는 니체의 '영원 회귀'처럼, 돈과 사랑과 섹스로 점철된 끈적한 삶의 집착은 결국 죽음이라는 종지부에 한낱 연기처럼 힘없이 흩어지고야 만다.

영화 〈돈의 맛〉은 재벌가 백씨 집안의 견고하고 어두운 저택에서 출발한다. 우아한 성 안에 갇힌 이들의 속살은 돈에 의한 철저한 계급 하에 아슬아슬한 탈주가 이어진다. 필리핀 하녀에게 마음을 주고 외도를 즐기는 회장과 어두운 방의 관음증적인 cctv를 통해 이들의 관계를 알아차리는 부인. 곧 욕망과 질투와 권력의 힘을 남용해 아들 뻘 되는 직원과 정사를 즐기는 사모님은 돈이라는 힘이 부여하는 역겨운 망상의 끝을 보여준다.

이상한 궁전 속의 막장 족보에 경악하면서도 한편으로 돈이라면 더한 시나리오도 가능할 것이라 이내 힘없이 긍정하고 마는 관객의 심리 또한 탐욕적인 돈의 맛이 아닐는지. 백씨 집안의 판타지 속에서 주인공의 심리를 따라가는 관객의 서사는 곧 판타지보다 더욱 참혹한 현실의 리얼리티다.

나라를 상대로 한 도덕적 해이에도, 뻔뻔하게 윤리를 거스르는 일상에도, 필리핀 하녀의 품에서 안식하려는 회장의 마지막 꿈에도 승자는 결국 돈이다. 돈은 모든 상황의 순수한 가능성을 무기력하게 만드는 권력으로 주인공의 폐부를 파고든다.

영화의 백미는 영웅적인 자살로 죽음을 맞이한 회장의 시신 앞에 부인이 오열하는 장면이 아닐까 싶다. 그 처절한 비명에서 우리는 물질주의의 견고한 성 안에 존재하는 모두가 돈의 하인임을 여지없이 인정하게 된다. 결국 돈을 가장 많이 가진 절대 권력자조차 돈의 그늘 아래 지독한 자기 연민을 앓는 페이소스를 드러내는 것이다.

끊임없는 집착과 욕망을 드러내는 〈돈의 맛〉에는 역설적으로 삶에 대한 짙은 허무감이 배어 있다. 근본적으로 무엇도 소유하지 못한 채 생에 빌려 쓴 모든 것들을 남겨둔 채 눈을 감고야 마는 삶. 그 속에서 순수한 희망을 무력화시키는 욕망의 실체에 적나라한 물음을 던진다.

돈, 그거 끝 맛은 별로라고.

# 결국 시간은 모든 것을 해결한다

사람은 이 세상에서 백 살도 살지 못하면서 언제나 천 년 뒤의 일을 걱정하고 있다.

– *한산시*

체리와의 첫 만남은 여전히 기억에 저장된 비디오 파일만큼 명료하다. 초등학교 때의 어느 날, 빨간 집에 조그마한 몸을 뉘고 앉아있던 귀여운 강아지 체리는 아빠의 깜짝 선물이었다. 할머니, 아빠, 엄마, 나, 동생, 그리고 체리는 한가족이 되어 많은 순간들에 추억의 나이테를 만들어갔다. 야단을 치는 날이면 아무리 이름을 불러도 모른 척하고, 외출을 할 때엔 목줄의 방울 소리만 들려도 온몸으로 현관으로 질주했던 체리. 잠을 잘 때는 잠꼬대를 하기도 하고, 집에 오는 가족들에게는 아낌없는 애교를 표현하며 가족의 사랑을 한몸에 받았더랬다.

체리를 처음 만났을 때 초등학생이었던 나는 어느덧 대학 입시의 문턱에 서게 되었고, 대입 실기 시험을 앞둔 어느 날 집에 체리가 없는 것을 알았다.

"체리 잠깐 시골에 두고 왔어."

일주일을 둘러대던 어머니는 나중에야 체리가 잔디밭에서 놀다가 죽었다고 했다. 너에게 죽는 모습을 보여주지 않으려고, 일부러 네가 빠진 가족여행에서 운명한 것 같다고. 나중에 알게 된 사실이지만 체리는 자연사한 것이 아닌, 주차 중이던 아버지 차 타이어에서 잠시 잠이 들었다가 체리를 발견하지 못한 아버지의 운전으로 육중한 타이어가 체리를 그대로 밟고 지나갔다는 것이었다.

체리의 죽음은 생애 처음으로 겪어 본 소중한 것과의 '죽음으로 인한 이별'이었다. 며칠간 눈물이 마르지 않았다. 건강했던 강아지였기에, 체리를 보낼 준비도 되지 않았었고, 그래서 고마웠다고 사랑한다고 말하며 품 안에서 따뜻하게 가도록 보내주지 못한 것이 자꾸만 가슴에 걸렸다. 준비되지 못한 이별이 얼마나 많은 미련을 남기는지, 제 명을 다 못살고 8년이라는 짧은 생을 한 주인의 집에서 마감해야 했던 체리에 대한 기억은 잘려버린 필름처럼 허망하게 끊겨버렸다.

3년이 지난 후, 내가 결혼하고 아이 낳을 때까지 건강하실 줄 알았던 할머니도 세상을 떠나셨고, 다섯 가족과 체리가 어울려 시끌시끌하던 집은 더 조용해졌다. 이별은 더 이상 웃음을 주지 못할 것처럼 나를 참혹한 슬픔으로 데려갔지만, 시간은 사람들마다의 갖은 사연을 안고도 냉정하게 한 마디씩 같은 속도로 흘렀다. 체리와의 이별 이후에도, 할머니와의 이별 이후에도 다시 웃을 수 있게 되었다.

서글픈 사실이지만, 사랑했던 시간도, 미워했던 시간도 결국 소리 없이 풍화시키는 것이 영원한 시간이었다.

7년간의 추억을 가지고 간 체리처럼, 열여섯살 때 시집가서 전쟁을 겪고 악착같이 아들딸 키워온 할머니의 거대한 삶의 역사가 그렇게 떠나간 것처럼. 마모되고 마모되어 순차적으로 시간이 추억을 묻어가게 되면 결국 내가 존재했던 사실조차 아득해질 것이다.

살아가는 모든 감정과 문제를 풀어주는 가장 지당한 길이 시간임을 이제는 믿는다.

## 형식이 되는 자유

한 방송작가의 전화에 광화문 인근 카페로 향했다. 미술계의 오디션 프로그램을 준비하던 두 작가님은 자문을 구하며 마른 스펀지처럼 미술계를 흡수하는 중이었기에, 프로그램에 대해 내가 할 수 있는 이야기들을 최대한 들려주었다. 얼마 후 이 프로그램은 미술계에 큰 논란을 일으키며 금세 뜨거운 감자로 떠올랐다. 예술이라는 숭고한 영역을 자극적인 방송에 끌어들어야 하는 파격에 대해 보수적인 미술계의 시선이 썩 곱지만은 않았다.

작가 오디션에 참여하는 것은 여성을 그렸다는 것을 입증하기 위해 자궁 엑스레이를 찍어 보여주는 것과 같을 수 있다고 생각했다. 그렇듯 프로그램의 가장 큰 부담은 카메라 앞에서 작업을 하며 대중의 기대 속 예술가를 연기하고 편집당해야 하는 것일 게다. 그래도 한 사람이 긴 작가의 길에서 행한 선택이라는 것을 존중하기에 시청자의 한 명이 되어 관심 있게 볼 예정이었다.

그러고 보면 너무 자유롭고 싶어서 '자유로운 사람 같아 보이지?'라고 자신을 꾸미는 것은 엄격한 제도 안에서 절제한 외형만큼이나 어려운 가면을 쓰는 행위는 아닐까 하는 것을 종종 겪게 된다. 자유로운 사람이라고 지나치게 드러내는 용모의 사람들을 볼 때다. 외형에서 가치관이 자연스레 반영되는 것이 아닌, 가치관이 전복된 것처럼 외형의 지배를 받는 모습이 느껴질 때 그렇다. 여성을 코르셋과 두 팔로부터 해방시킨 패션의 혁명가 샤넬의 자유는 증발되고, 자본주의의 절정에서 샤넬이라는 코르셋은 다시 여자들의 의식을 가두어버리는 것과 같은 이치다.

자유라 명명했던 것들이 형식이 되는 일은 참으로 애석한 일이다. 전복되는 가치를 자각할 수 있는 의식이라는 게 늘 존재해야만 스멀스멀 얼굴을 감싸버리는 형식의 가면을 쓰지 않을 수 있다.

# 그림은 영원한 그리움

내 이념을 보지 말고 내 시를 보아 주십시오
내 시를 보지 말고 내 삶을 보아 주십시오
내 삶을 밀어가는 투혼을 보아 주십시오
내 투혼의 푸른 불덩이 불덩이–

*– 박노해 시 〈내 삶 속의 삶〉 중에서*

미술전문지에 매호 상당량의 원고를 소화했던 20대의 4년간 크리티컬하게 그림을 평가한다거나 정보와 시선을 전달하는 깨끗한 글을 쓰는 것이 내겐 참 어려웠다. 화가의 영역에 걸쳐 있는 신분이었던 것은 사실 큰 이유가 아니었다.

대학교 2학년 때 손상기 작가의 16주기 도슨트 아르바이트를 했었다. 작가 노트를 엮은 『자라지 않는 나무』의 구절구절이 아팠던 나머지, 썰물처럼 관객이 빠져나간 전시장 그림 앞에서 눈가가 흐려지기도 했다. 옥션 도록을 지나치는 손상기 그림의 가치 등을 운운하는 대화가 있던 날, 가슴이 철렁했다. 아현동 굴다리 밑 작은 작업실에서 산소 호흡기를 끼고서도 팔리지 않는 캔버스를 쌓아나갔던 작가에게 그림은 살점 같은 존재였다. 한 작가에게 목숨과도 같았던 가치를 평가한다거나 돈으로 환산하는 접근은 감히 할 수가 없었다.

돌아보면 자주 그런 식이었다. 그림을 실존하는 가치에 입각한 자체로 보지 못하고 사적인 감정을 덧입혔다. 철학에 근거한 조형언어라는, 그 명료한 가치를 술회하는 작업은 포기한 채 화가의 삶 같은 사적인 부분을 배회하곤 했다. 그리고 제한된 분량의 원고에 더운 감상을 기워 달곤 했다.

사실적으로 풀어낼 자신이 없을 때는 중심을 빗겨간 지점에서 끊임없이 은유했고 기름진 지방처럼 글에는 살이 쪄갔다. 그것은 그리움 때문이었다고 변명한다. 나의 그림, 타인의 그림에도 본질적인 그리움에 대한 믿음이 있었기 때문이었다.

누군가 나에게 있어 예술이 무엇인가 하고 묻는다면, 주저 없이 "영원한 그리움"이라고 답할 것이다.

# 나를 치유하는 그림

이제 작별을 할 시간 머물고 가는 바람처럼

그림자처럼 오지 않던 약속도 끝내 비밀이었던 사랑도

서러운 내 발목에 입 맞추는 풀잎 하나

나를 따라온 작은 발자국에게도

작별을 할 시간

이제 어둠이 오면 다시 촛불이 켜질까요

나는 기도합니다

아무도 눈물은 흘리지 않기를

내가 얼마나 간절히 사랑했는지 당신이 알아주기를

*– 영화 〈시〉 아네스의 노래 중에서*

초등학교 때 자유화 시간에 〈피에로의 슬픔〉이라는 그림을 그렸던 적이 있다. 조명이 떨어지는 까만 무대에서 웃는 표정의 분장을 한 피에로가 공을 안고 울고 있는 그림이었다. 호기심 어린 관객의 손을 피해 눈을 꼭 감고, 감고 있는 눈에는 분명 눈물이 흐르고 있었다. 그 그림의 알맹이는 현재까지도 일관된 내 작품의 언어가 되고 있다. 그때 왜 그런 그림을 그렸는지, 나는 기억 속의 이미지를 통해 당시 내 심리를 추적하곤 한다. 그 날의 피에로는 희극이자 비극의 상징이었다.

대학원 때에는 한 실기실을 5명이 함께 썼었다. 그 실기실은 건물 그림자 때문에 늘 어두웠는데, 신기하게도 우리는 각자 검정 계열의 어두운 그림을 그리고 있었다. 다음 학기에 태양빛이 화사하게 들어오는 실기실로 옮긴 이후, 또다시 우리는 의논이라도 했다는 듯 무의식중에 밝은 색채의 그림을 그려갔다.

기분이 좋을 때도 화가 날 때도 슬플 때에도 나를 위로해 주던 존재는 그림이었다. 설명하기 복잡한 존재이고, 사실 내가 나를 알기 전에 그림이 나를 먼저 알고 있다고 생각된 적도 있었다. 색은 나의 마음을 스스로 인지하기 전에 더 빨리 캐치한다.

그렇기에 그림을 그리지 않았다면 많이 외롭지 않았을

까 하는 생각이 든다. 늘 몰입하고 풀어낼 대상이 있어서 다행이었다. 정화하고 치유하는 그 행위가 일이 될 수 있음에 감사하다. 그래서 그림으로 인해 위로받고 행복했다는 관객의 피드백을 접할 때마다 정말이지 살아있음을 느낀다. 내 마음이 담긴 표현들로 하여금, 만나보지 못한 미지의 관객들의 마음을 쓸어줄 수 있어서 말이다.

그렇게 늘 그림은 그 순간의 나를 반영하는 거울과 같다.

그리고 때론 당신의 거울이 되어주기도 한다.

## 역사를 지나가는 바람

"어렸을 때는 남들보다 모든 걸 다 잘하고 싶었어. 승부욕이 굉장히 강했었는데, 역사를 좋아하기 시작하면서 경쟁하고 싶은 마음이 사라지더라고. 모두 흐르는 것들이니까."

오랜만에 남편과 국립 중앙박물관을 찾았다. 자주 와도 매번 마음이 편안해지고 시야가 넓어지는 이곳은 진중하고 안정적인 에너지가 있다. 가끔 인간은 한 번밖에 살지 못한다는 사실을 생소하게 받아들일 때가 있다. 모든 사람들이 0에서 출발해 고작 100이 안 되는 나이를 살고 떠난다는 것. 모두가 걷고 뛰고 말하는 것부터 반드시 배워야 하는 사람이 넓은 우주와 진리를 모두 알고 가기는 불가능하다. 죽음이 임박했다고 해서 완전한 지혜를 갖출 수도 없다. 잠시 몸담았던 세계를 그렇게 모르고 왔다가 모르고 가는 것이다.

다만 한 번밖에 살 수 없는 시간 안에서 세상이 주는 진리의 교과서가 있다면, 그것이 역사가 아닐까 한다. 긴 세상의 세월에 누적된 지혜를 깨칠 수 있는 기회가 곧 역사다. 역사적 사실은 산다는 것에 대한 지혜를 한번 돌려 설명하곤 한다.

한때 무소불위의 권력을 휘두르며 시대를 풍미했던 인물도 국가도 결국 역사의 한 귀퉁이의 기억으로 사라진다. 불멸할 것처럼 대단한 집안을 앞세워도, 역사 속에서 영원한 명문가란 없다. 금력이 지배하는 현대사회에서 조선 시대의 명문가 성씨가 힘을 발휘하지 못하는 것처럼 말이다. 당장 눈에 보이는 것이 전부는 아닌 것이다. 때론 국가마저도 전복되고, 패러다임이 바뀌는 위험의 순간은 다른 이에게는 기회가 되기도 한다. 그렇게 역사의 줄기는 오르고 내리길 반복한다.

역사학자가 어릴 적 꿈이었다는 남편은 박물관을 돌며 나지막이 역사 이야기를 들려주었다. 유학을 준비했던 남편은 진로를 바꾸고 서른셋이라는 남들보다 늦은 나이에 첫 직장생활을 시작했다. 남들 같으면 마음이 조급했

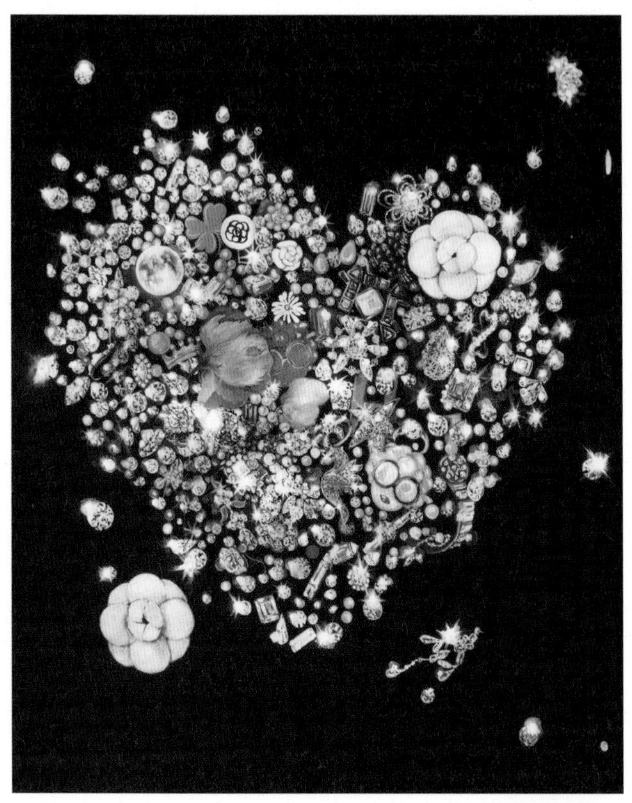

**Virgin Heart**
2013. 장지에 채색. 72×60cm

을 텐데 남편은 개의치 않고 의연했다. 그 의연함에 대해 되묻는 날엔 도쿠가와 이에야스나 케사르, 강태공 같은 역사 속 인물들의 일화를 디테일하게 들려주기도 했다.

그래, 영원한 것은 없다. 완전한 것도 없다. 모든 것은 흐른다.

'이 또한 지나가리라'는 솔로몬 왕자의 글귀가 박물관 공기에 조용히 실려 왔다.

## 길의 정의

모든 길은 이어진다. 작은 길은 큰길로, 큰길은 다시 작은 길로 연결되고 연결되며 새로운 공간을 안내한다. 곳곳에는 이정표도 있다.

길은 헤매기 위한 곳이 아니라, 공간을 연결시키기 위해 만들어진 곳이다.

## 세상의 불공평을 인정할 것

뇌리에 박힌 어느 고전 영화의 마지막 장면이 있다. 막대한 부를 쌓은 여주인공이 너무 어이없는 가스 폭발사고로 준비되지 않은 죽음을 맞게 되는 영화였다. 영화 〈폴락〉에서 부와 명예와 여자를 거머쥔 폴락 역시 교통사고 한순간 준비되지 않은 생을 마감한다. 참을 수 없이 가벼운 이들의 결말은 허무하고 개운한 끝 맛이 있었다.

영화 〈더 울프 오브 월스트리트〉의 주인공 조단 벨포트는 주가조작으로 억만장자가 되고, 자연스럽게 조강지처를 버리고 포르노 모델 같은 여자와 재혼을 한다. 그렇게 여느 부호들처럼 호화 요트와 마약, 슈퍼카와 섹스에 빠져 방탕한 쾌락의 끝을 맛보며 산다. 방탕한 삶을 살던 중 조던은 계좌를 통해 빼돌린 돈에 눈이 멀어 태풍 예고에도 불구하고 요트를 움직인다. 지루할 만큼 길었던 조던의 향락 생활 절정에 걸맞은 태풍이 온 것이었다.

그 장면에서 확신했다. 분명 조던은 억만금의 돈을 속수무책으로 남겨둔 채 허무한 죽음을 맞이할 것이다. 조난으로 인한 죽음은 욕망의 괴물이 된 이에게 마땅히 주어져야 할 결말이다. 조던의 죽음은 타락한 부의 절정에서 깔끔한 생의 허무를 보여 주어야 한다. 거친 파도에 배가 격하게 흔들릴수록 내 생각은 이미 엔딩 크레딧에 도착해 있었다.

그런데, 죽음으로 교훈적인 메시지를 던져야 할 조던은 죽지 않았다. 대신 비행기를 타고 조던을 구하러 온 선량한 구조대원 셋이 엔진에 들어온 갈매기 때문에 어이없는 죽음을 맞는다. 관객은 조던의 죽음에서 인생의 허무를 느끼며 '맞아, 저런 부자도 욕망의 노예가 되면 결국 한순간에 끝나잖아' 하고 위안을 해야 했다. 조던의 죽음에 달콤했던 부러움도 묶어 파도에 쓸어 보내면 되는 건데, 죄지은 이는 죽지 않고 무고한 사람들만 희생된다.

그는 갖은 편법으로 자본주의 절정을 누리고도 감옥에서 고작 3년 형을 살고 나온다. 그리고는 끈질길 만큼 계속 잘 살아간다. 권선징악 같은 고전적 결말 따위 가볍게 비웃어버리는 리얼리티가 잔인하다.

타락한 주인공이 마지막까지 잘 살다가 영화가 끝난다는 것은, 리얼한 결말로 막을 내리며 영화적 결말이란 익숙함을 깨어버린 반전 중의 반전이었다.

그래서 이 리얼리티 떨어지던 영화의 리얼한 결말이 무척 인상적이었다. 애석하게도 현실에서 권선징악으로 끝날 것이라는 믿음은 자주 배신당한다. 늘 세상이 아름다웠으면 좋겠지만, 원래 세상은 불공평하다. 불공평을 받아들여야 하지만 그것이 곧 불공평에 안주해도 된다는 의미는 아니다. '그 사람 벌 받을 거야'라고 모두가 말해도, 그 벌은 꼭 우리가 알고 있는 형태가 아닐 수 있다고 생각해야 한다. 타고난 불공평을 받아들이는 너그러움을 갖되 현실의 공기에 빠르게 호흡하며 스스로 나아지면 된다. 그리하여 그 불공평을 되려 나아지는 자신, 더 나아가 나아지는 세상을 만드는 세례가 되도록 한다면 그래도 살만한 불공평한 세상이 되지 않을까.

## 그리움

첫 만남인데, 사실 태어나서 처음 직면한 상황인데, 그리웠던 무언가를 만나는 희열을 느끼는 순간이 있다. 눈물이 쏟아지게 되는 것은 오랜 그리움 때문이리라.

열망했던 무언가를 만나는 일, 기다림 끝에 다가온 시간에는 그리움이 배어 있다.

# 할머니, 당신을 위해 행복하세요

잡지사에 다녔을 때 사무실에서 늘 폐휴지를 가져가시던 할머니가 있었다. 일주일에 한두 번 앙상한 팔로 커다란 포대에 폐휴지를 힘겹게 담아가시던 할머니에게 출판사에서 나오는 파지는 하루를 살아갈 생계였다. A4 용지 한 장이라도 빼놓고 갈까 늘 굽은 허리로 종이를 가져가시던 할머니가 어느 날 사무실 안으로 들어와 책상 곁으로 오셨다.

"명절 잘 보내요들. 나한테 폐지 줘서 고마워."

투박하고 마른 손에 비타민 음료 한 박스가 들려 있었다. 하루종일 그 많은 폐지를 팔아 봐야 고작 몇천 원인데, 그 비타민 음료 한 박스에 담겨 있을 할머니의 마음을 어떻게 돈으로 환산할 것인가. 한사코 거절해도 내가 받은 것은 갚아야 한다고, 나눠 먹으라며 뒤돌아 가시던 할머니의 남루한 뒷모습이 눈에 밟혀 애써 눈물을 삼켰다. 돌아가신 할머니 생각에 더욱 가슴이 저렸다.

때때로 김밥 할머니, 폐지 할머니 같은 어려운 환경의 노인들이 대학에 거액을 기부했다는 훈훈한 미담이 전파를 탄다. 하지만 늘 밥도 제대로 못 드시는 할머니들이 박스를 팔아서 학교에 돈을 기부하는 게 싫었다. 더 가진 이들이 힘든 사람들 돕고, 할머니는 그 돈으로 남은 인생 조금이라도 더 즐기고 가셨으면 좋겠다. 사실 그렇게 지독하게 모아서 학교에 기부하는 돈은, 본인이 공부하고 싶던 꿈이었을 테니까. 본인이 잘 먹고 살고 학교도 다니고 싶었던 간절한 소망이었을 테니까. 그런데 이제 죽을 날 가까워져 온다고, 그 고단한 땀으로 모은 돈을 젊은이들에게 양보한다. 힘들게 살다 보니 황혼에 이르렀고, 자신의 삶은 재활용 되지 못하는 폐지 한 장처럼 덮어버리려 한다. 이제 본인이 그토록 부러웠고 이루지 못했던 꿈들 나보다 젊은 사람들은 이루면서 살라고.

할머니께서는 지금도 사무실에 비타민 음료를 선물하시며 폐지를 가져가실까. 부디 아직 건강하시길, 하고 싶은 것들 하면서 지내시길 마음 깊이 바란다.

## 컬렉터, 작품의 진정한 완성

책상 서랍 속의 엽서사이즈 유화 풍경 그림. 화가의 이름은 모르겠지만, 손에서 태어난 붓 터치들은 캔버스에서 혼색되고 말라 그 순간을 담은 추억의 마티에르를 만들어낸다. 열다섯 살 몽마르트 언덕의 거리 화가에게서 산 내 최초의 컬렉션이다. 16년 전 당시 돈으로 3-4만원은 했으니 비싸게 주고 산 그림이었고 당시 학생이었던 나로서는 몇 번을 망설였던 여행지 최고의 지출이었다. 화가가 무명이든 아니든 그때는 그게 중요하지 않았다. 고가의 유명 화가 그림은 인쇄본을 사는 것이 고작이었지만, 어쨌든 가진 돈으로 살 수 있는 화가의 원화였기에 기뻤다. 이국의 땅에서 타인의 그림을 샀을 때, 나는 다른 좋은 기념품을 사는 대신 한 사람의 그림이라는 유일한 가치를 샀다는 것이 의미가 있었던 것이다.

지금도 그림을 그린 사람이 누구인지 보다는 내 첫 번

째 컬렉션이기에 그 그림이 소중하다.

그림은 작업실에서만 완성되는 것이 아니라, 갤러리에 설치가 되어 하나의 세계를 만들고 또 진정한 주인을 만날 때 다시 생명을 얻을 수 있다. 시간이 지날수록 가치가 떨어지는 제품과는 달리 예술은 시간의 흐름과 함께 팽창되는 가치다. 유행이 지난다고 닳아 버려지는 것이 아니라 오랜 시간 소장자와 함께 호흡하며 소장자의 가치를 반영한다.

어느 컬렉터님이 자신이 세상을 떠날 때 방에 걸려 있었으면 하는 작품에 대한 이야기를 들려주신 적이 있다. 그에게 그림은 마음을 쉬게 하는 오랜 친구이자 살아생전 소장자의 철학이 반영되어 임종을 지키게 할 만큼 의미 있는 존재였다.

자식 같은 많은 작품들이 누군가의 공간으로 떠나는 일이 자주 일어난다. 몇 년을 그토록 그렸는데, 빈 공간이 주는 허무함이 없는 것은 아니다. 한 작품 한 작품에 모두 스토리가 있다. 하지만 그 이별이 또한 한 그림이 완성되는 새로운 운명의 시작임을 안다. 자신에게 맞는 연인이 있듯, 내 그림이 컬렉터의 마음을 놓을 수 있는 친구 같은 그림이 되었으면 한다.

사람은 가도 예술은 남는다.

좋은 금슬로 오랫동안 소중하게 간직되기를, 그 바람이 종이 위를 움직이는 붓끝을 위로한다. 밤이 깊어간다.

## 어른들이 미안해

연일 보도되는 유가족들의 오열에 눈이 자꾸 시린다. 며칠간 모니터에 고정된 화면은 뒤집어진 배의 처참한 선미였고, 거센 파도는 구조대원들의 접근조차 어렵게 일렁였다. 바다를 좋아한다고 말했었다. 많은 시간 동안 아득한 물에서 못난 기억을 뭉쳐버렸고, 실체 없는 희망을 길어 올리기도 했다. 뒤로 물러나 응시하기만 했던 물의 실체가 너무도 가까이에 두려움으로 숨을 막는다. 오늘은 바다와의 시차에 자꾸 멀미가 난다.

바다는 여전히 인간과 온전히 섞일 수 없는 미지의 영역이다. 심해의 끝까지 걸어가 보지 못한 미약한 인간에게 바다는 곧 죽음으로 통하는 길이기도 했다. 그 공포를, 바다의 경고를 안일하게 무시했던 해운업체와 선장의 오만, 더 나아가 총체적인 안전 불감증이 사슬을 문 부도덕으로 바다는 기어이 수백 명의 생명이 꿈을 키우던 배를 집어삼키고야 말았다.

그래도 이제는 양심과 높은 시민의식이 자리를 잡아간다고 생각했는데, 몇십 년 전과 달라진 것이 없는 사건이 준 충격은 모두에게 컸던 모양이다. 이제 겨우 열일곱 된 한 학년 아이들이 수학여행 길에 올랐다가 대부분 변을 당한 것이다. 문득 제자들, 종종 메일을 보내거나 강연을 찾아오는 학생들의 얼굴이 지나쳐갔다.

아직 얼굴에 뽀얀 솜털이 어린 예쁜 아이들, 꿈도 많고 순수하고 희망적인 나이. 교직 생활을 하며 늘 우려하던 일이 일어났다며 슬퍼하는 엄마의 문자에 가슴은 더욱 먹먹해진다.

침몰 소식이 있던 다음날인 오늘 오전에는 이태원 카페에서 글을 쓸 생각이었다. 기분 탓인지 도시의 공기는 조개탕 국물처럼 뿌옇다. 운전을 하면서 라디오에서 연신 보도하는 생존자 소식에 촉각이 세워진다. 따뜻한 이불에서 나와 지금 한강진역을 향해 가는 내 하루가 괜시리 미안해서 눈이 따가워 온다.

아직 바깥 온도는 춥다. 간절기 코트를 걸치고 있는 데도 옷깃으로 들어오는 공기가 차갑게 살을 파고든다. 저 바닷물은 얼마나 차가울까, 그 춥고 어두운 곳에서 제자리에 있으라는 어른들 말만 믿고, 구조의 손길을 기다리고 있었을 아이들. 열 달을 배에 품을 때부터 그토록 아끼며 아이를 위해 헌신해 온 부모님들의 심경은 오죽할 것인가.

아이들은 어른들의 탈출을 돕기도 하고 친구에게 구명조끼를 양보하기도 했다고 한다. 이제 거의 다 왔는데, 몇 년만 더 있으면 어른이 되고 대학도 가고 연애도 하고 남들 하는 것들 하며 길을 찾아갔을 텐데. 아이들이 기울어가는 쪽으로 함께 무게를 모아보려 애쓴 사진이 가슴을 친다. 가만히 있으라는 어른들 말 믿고 구조의 손길을 얼마나 애타게 기다렸을까.

모든 역사 속에서 국민을 생각하지 않고 자기만 잘살려고 마음먹었던 곳에서는 너무나 많은 이들의 무고한 희생이 따라야 했다. 힘든 일이 있을 때 한 명의 어른으로서 도의적인 책임감과 미안함을 가져야 한다. 고위층은 권력을 휘두르는 영예의 자리가 아니라 사회의 문제에 촉각을 세우고 엄격한 도덕성과 무거운 책임을 지기 때문에 고위층이다. 어른은 사회적으로 어린 친구들의 보호자이기 때문에 어른이다.

이리저리 생각해 본들 아무것도 어린 생명들의 안타까운 죽음을 대신할 수가 없다. 그 희생이 감동조차 남기지 못한 어른들로 촉발된 것이기에 더 아프다.

부디 헛된 죽음이 아니길, 더 이상의 희생이 생기지 않을 변화의 불씨가 부디 지펴지길, 아이들의 죽음을 가슴 깊이 애도했다.

작업실에서 어느 채널의 인터뷰가 있는 날, 이젤에 노란 리본을 묶으며 짧은 기도를 한다.

## 진정한 성공은 내가 나대로 살아가는 것

S양의 메일 잘 받았습니다. 작품을 좋아해 주어 일단 고맙다는 이야기 먼저 드리고 싶어요. 정답이 될 만한 이야기는 아닐지도 모른다는 것 먼저 말씀드립니다. 이렇게 저렇게 나아가라고 할 만큼 완전한 사람이 아니기 때문에, 다만 S양보다 먼저 활동을 시작한 언니의 이야기 정도로 걸러 들어주면 좋겠습니다.

내용상 저를 롤모델이라고 표현한 전제는 젊을 때 성공한 것처럼 보이기 때문으로 이해됩니다. 다만 그렇게 보이는 것만으로 작가가 되고 싶다면, 같은 노력으로 다른 일을 하는 편이 좋을 수도 있습니다. 실망을 안겨 드리려는 게 아니라, S양이 다만 그림을 좋아하는 마음이 일 순위가 되었으면 하는 생각에 몇 마디 적습니다.

저는 화가가 되어야겠다고 마음먹었을 때, 책을 통해

많은 작가들의 삶에 들어가 보았어요. 주로 무명, 요절, 마약, 가난 같은 단어들이 먼저 눈에 들어왔던 기억이 납니다. 어려운 길일 수도 있다는 생각을 했고, 어렵게 살다가 인정받지 못하고 외롭게 눈감을 수 있다는 생각도 하게 되었어요. 그래도 그림을 그리는 행위 자체에 대한 애정이 컸기 때문에 이 길을 선택할 수 있었습니다. 그림으로 무엇을 이루지 못하게 되더라도, 그래도 제가 가장 좋아하는 일이었기에 후회하지 않을 것 같았거든요.

저 역시 여전히 젊은 작가 축에 속하고 많은 훌륭한 선배님들 틈에서 고민해 나가는 작가의 한 명일 뿐입니다. 그림은 늘 나를 비워내고 또다시 탐닉하는 작업이지요. 왜 그리는가에 대한 근원적 문제들, 끝이 보이지 않는 질문의 궤도를 선회하며 살아야 하는 운명으로 느낍니다.

지금도 늘 꿈이 살아있습니다. 어떤 형태일지는 모르겠지만 내 육신이 떠나간 이후에도 그림을 통해 사람들을 만나고 싶다는 욕심도 얹어봅니다. 인기나 명예나 돈은 있다가도 없는 것이지만, 다만 누군가의 마음에는 영원한 작가로 남고 싶은 로망 하나쯤은 가져봅니다.

돌아 돌아 이야기를 풀어놓는 이유는, 내가 나인 작업

을 해야 한다는 말을 하고 싶어서예요. S양도 스스로 자신이 될 수 있는 그림을 그려 나갔으면 좋겠습니다. 그리고 실기력에서도 그렇고 활동에서도 그렇고 임계점에 닿지 않으면 끓어오르지 않는다는 것을 꼭 기억했으면 좋겠어요. 힘이 들 때엔 스스로가 인정할 만한 노력으로 그 임계점을 넘어갈 날을 천천히 기다렸으면 합니다. 그 지점을 넘어가고 나면, 그림이 한결 즐거워질 테니까요.

가끔은 저 역시 작업에 있어 그 임계점을 기다리곤 합니다. 혹은 그 지점이 다가오기 전에 너무 많은 습작을 공개하며 살아온 것은 아니었는지, 스스로 돌아볼 때도 생기고요. 좋아하는 일을 즐겁게 해나가는 열정도 중요하지만, 때때로 그 순간을 위해 견디는 노력도 중요합니다. 당장 힘들다고 덜 힘든 길로 도피하지는 마세요. 그 너머에 S양이 정말 하고 싶은 무언가가 있다면, 그러면 좀 더 견디라고 격려하고 싶습니다.

또한 작가에게 가장 중요한 것은 경험입니다. 이별하는 순간 좋은 가사가 나온다는 작사가처럼, 사랑하고 여행하고 세상의 면면을 즐기며 살아가는 모든 대상의 빛을 수혈받으시길 바랍니다. 그 인풋이 S양의 방식대로 정제되고 나면 좋은 작품이 태어나겠지요. 물론 다작은 기본입니다.

부럽다는 말을 했지요. 그림을 그리며 너무 남과 비교하지 마세요. 비교하기 시작하면 한도 끝도 없는 것이 작가라는 직업입니다. 흔들리지 말고 부단히 걸어가며 S양 자신으로 행복 할 수 있는 길을 찾아 나로서 살아가세요. 비교야말로 작가로서 불행을 향해 가는 지름길입니다. 타인과의 비교를 버리고 오직 S양의 상황에서 따뜻한 마음으로 자신의 길을 가세요.

구체적인 조언을 못 드리고 이야기를 마치게 됩니다. 저보다 훌륭한 작가가 될 수 있고, 모든 가능성이 열려 있는 시기에 있다는 것을 가장 응원하고 싶습니다. 그림을 해야겠다는 확신이 든다면 S양이 S양으로 살아갈 수 있는, 그런 작가가 되시길 바랍니다.

*2014. 2. 김지희 드림.*

# 운명을 바꾸는 '운'의 두얼굴

그러나 참아라, 슬픈 마음들이여!

또한 넋두리도 그쳐라!

구름 뒤에 태양은 여전히 빛나고 있다.

내 운명도 모든 사람 같이 평범한 운명

모든 이의 생활엔 반드시 얼마 동안 비가 내리고

한두 번은 반드시 어둡고 쓸쓸한 것이다.

*– 헨리 롱펠로 〈낙엽〉 중에서*

화가로서의 공식적인 데뷔를 알리는 첫 개인전을 앞둔 봄, 갤러리 모형까지 만들어 작품 디스플레이를 연구하고 방명록 펜 하나까지 체크 했을 만큼 전시에 대한 열정이 깊었던 때였다.

그해 6월은 광우병 소고기 반대 촛불집회가 절정인 시기였다. 한참 전에 잡은 개인전 일정이라 예측할 수 없던 돌발 상황이었고, 집회의 영향은 삼청동 일대 전체를 휩싸 급기야 청와대 근방인 삼청동은 전시 기간 중 접근이 통제되기에 이르렀다. 학생들은 기말시험 기간이라 더욱 발길이 닿기 힘들었고, 엎친 데 덮친 격으로 전시기간 내내 야속한 비가 내렸다. 빗줄기만이 스산하게 떨어지던 텅 빈 삼청동 갤러리를 뒤로하고 대학원 실기실로 돌아왔을 때, 지도교수님을 마주쳤다.

"이건 네 잘못이 아니다."

안타까움이 배어 있는 손길이 어깨를 두어 번 스쳤다.

접시를 깨끗하게 닦고 붓을 씻고 다시 텅 빈 화판 앞에 앉았다. 밤이 어둑한 실기실에 혼자 남아 평소처럼 라디오를 켜고 스케치를 시작했다. 그래, 정말이지 그때 나는 우울하지 않았다. 최선을 다했고, 다시 생각해도 나머지는 내 힘으로 할 수 없는 일이었다. 별이 뜬 하늘을 향해 아주 밝은 목소리로 "이건 제 책임이 아니죠?" 할 수 있을 만큼 떳떳했다. 그럼 된 거라고 생각했다.

구체적인 순간들을 들추어 추리해 볼 때 나는 운이 좋았던 사람인지 생각해보면 잘 모르겠다. 부분적으로 뜯어보면 운이 나쁜 사람일 수도 있겠지만, 언뜻 보이는 외양으로 평가할 때 많은 사람들은 내가 운이 좋았다고 말한다.

운이라는 것은 결국 운이 나빴던 순간까지의 모든 시간이 합해져 큰 강줄기를 만들어갈 때 이루어지는 평가가 아니었던가. 만약 대학원 때 첫 개인전의 좌절감으로 내가 이후 그림을 게을리했다면, 나는 지금 무엇을 하며 살고 있을지 모르겠다. 다행히도 허무했던 첫 개인전 이후에 미동 없이 정해진 길이 처음부터 하나밖에 없었던 사람처럼 빠르게 일상으로 복귀해 그림을 그렸고, 그 전시의 기억은 강연할 때나 지인들과의 대화에서 웃으며 말할 수 있는 에피소드가 되었다. 또 다행인지 이후 전시는 첫 개인전보다 나쁠 수가 없어서, 어떤 상황이나 결과에도 나를 의연해지게 만들었다. 그 운이 나빴던 전시를 나중이 아닌 데뷔와 함께 경험하게 되어 다행이라는 생각을 여러 번 했다. 나쁜 일에는 반드시 교훈이라는 게 있어 단단한 맷집을 만든다.

크게 보면 나은 방향으로 가 보였는지 모르겠지만 하나씩의 사건을 모두 뒤집어보면 그렇지 않은 경우가 많았다. 잘 안 풀렸던 시간들은 이후에 더 좋은 영향을 주기도 했고, 반대로 운이 좋았다고 생각한 일이 훗날 독이었다고 생각된 일도 있었다.

평생 운이 좋아 때에 따른 적절한 처사로 한 번도 실패하지 않고 승승장구했던 정치인이 사후에 결국 기회주의자라는 딱지가 붙게 된 일이 있다. 고초를 겪었지만 결국 그 소신과 진정성이 훗날 인정받아 존경받는 정치인도 있다. 그렇다면 현재의 순간이 아닌 죽음으로부터 삶 전체를 평가한다면, 마주하는 모든 일에 일희일비할 필요는 없을 것이다.

운이 없어 일을 그르치고, 좌절하는 것 자체가 중요한 것이 아니다. 그 순간이 어떻게 아물고 어떤 변화를 일으키느냐가 사람의 나머지 운명을 결정한다.

최악의 상황에서도 배움을 찾고, 그 상황을 딛고 일어나 긍정을 선택하는 의지를 지니는 것. 그리고 누군가는 운이 나빴다고 하는 시절의 양분을 먹고 다음을 준비하는 것이야말로 나의 운명을 무너뜨리러 온 파도를 타고 즐기는 일일 것이다.

어렵겠지만, 파도가 클 때는 두려움에 떨지 말고 파도를 타야 한다.

## 아이 같은 순수함과 단순함으로

유년기 그것은 누구에게나 실낙원이다. '더 이상 어린이가 아니라는 것은 부도덕한 일이다'라고 어떤 시인은 말했다. 어린 시절은 의외의 놀라움, 신비와 호기심, 감동에 넘친 지루하지 않은 한 페이지다. 그리고 우리는 몇 살이 돼도 그 장을 펼쳐보고 싶어진다.

*– 전혜린 『그 후로 아무 말도 하지 않았다』 중에서*

그때 나는 뭐든 할 수 있을 것 같았다. 어린이 만화에서 지구를 구하는 로봇처럼 말이다.

가끔 어린이 만화를 보게 되면 지구와 우주가 그려지더라도 세상은 단순하고 작은 공간이다. 선은 명료한 선이고, 악은 명료하게 악이며 너무 복잡한 꿍꿍이도 없다. 주인공은 자신의 능력을 한계 짓지 않는다. 그때 나에게도 세계는 마음껏 누리고 펼칠 수 있을 만큼 작은 곳이었고, 스스로 무한의 능력을 지닌 듯했다.

많은 어린이들은 완벽한 이상주의자이며, 그 상상 속에서 행복을 만끽한다. 그 제한 없고 고민 없던 자신감을 단지 "어렸다"라고 치부하고 싶지가 않다. 사실 지금 할 수 없다고 생각되는 것들은 내 머리 안에서 너무 많은 한계의 정의가 나를 가두고 있기 때문은 아닐까. 여전히 모든 인간은 자신이 꾸준히 상상하는 삶, 그리고 그렇게 살 수 있다고 믿는 이상과 가까워진다고 믿는다.

순수한 꿈이 좋고, 여전히 순수한 꿈을 떠올릴 때 생기 있는 눈빛으로 웃음 짓는 이들이 좋다. 체 게바라가 결국 볼리비아에서 생을 마감한 것에서 어린아이 같은 지독한 이상주의가 엿보인다. 짧은 경험으로 쉽게 결론 내려버리는, 스스로 만든 한계에 갇히지 않고 말이다. 여전히 아이 같은 순수한 단순함으로 세계를 보는 것도 필요하다.

아이가 좋은 것은 희망적이기 때문이다.

## 모순의 사슬 속 악역의 트라우마

'어쩌면 저렇게 많은 사람을 살생할까.'

중국 전쟁역사 영화를 보다 미간에 주름이 진다. 유독 중국 전쟁영화에 생명을 경시하는 장면이 많다고 느껴지는 것은 예민한 편견인지도 모르겠다. 너무 많은 조연들이 죽게 되는 이유다. 삶이란 주연이든 조연이든 같은 무게로 소중한 것인데, 조연의 입장에서 보면 참으로 억울할 일이다.

펭귄을 주제로 한 다큐에서 갈매기에게 사정없이 먹히는 아기 펭귄에 눈시울이 붉어진 적이 있다. 그러나 갈매기가 주인공인 다큐에서 몇 날 며칠을 굶은 갈매기가 끝내 아기 펭귄을 먹어치우는 장면이 나타났다면 다행이라고 안도했을 것이다. 다른 생명을 해치며 살아갈 자연의 운명은 옳고 그름으로 따질 수 없는 모순이 연속된 사슬이다.

결국 처음부터 의미가 없던 것에 너무 많은 관점과 의

미와 욕심을 부여하는 것은 아닌지, 그 관계들을 생각하게 된다.

전쟁영화를 보며 너무 무력하게 쓰러지는 조연 한 명을 주인공으로 영화를 만든다면 어떤 스토리를 만들 수 있을지 머릿속으로 스토리라인을 짜본다. 어쩌다 악역이 되어, 아니 악역도 아닌 악역의 하수인으로 살게 되어 저렇게 처단 당하게 되었을까. 인칭이 곧 나와 적으로 나뉘는 영화에서 적의 편에 있는 자들은 잔인하게 죽임을 당할수록 높은 쾌락을 선사해 준다.

영웅의 손에 죽어 나간 저 한 명의 조연의 삶을 영화로 만든다면 그 역시 안타까운 한 인간의 소멸이 아닐까. 아주 비극이고 슬픈 영화의 캐릭터가 될 것 같다. 살생은 살생인데 승자이기에 영웅이고 패자이기에 악인일 뿐이다. 아니, 주인공의 인칭에 내가 투영되기에 나는 잘 되어야 하고 나에 반하는 자들은 적이 되어야 하는지도 모르겠다.

전쟁영화 안에서 수없이 요절하는 군사들을 보며, 악역 속의 한 명으로 무너지는 당신에게 연민을 보낸다.

## 설명하지 않아도

너무 유명한 골퍼라서 골프를 잘하는 것이 너무 당연해져 버린 지애. 지애의 손을 처음 잡았을 때 20대 여자아이의 손이라고 느껴지지 않는 딱딱한 굳은살이 먼저 느껴졌다. 그간의 노력이 손끝에서부터 그대로 전해지는 것 같아서 괜히 마음이 저렸다.

설명이 필요 없는 감동이라는 게 있다.

지애 손을 잡았을 때의 촉감처럼, 다만 그렇게. 말로 표현하지 않아도 되는 그런 감동을 주는 그림을 그리고 싶었다.

제 별자리가 양자리인 것을 양의 해를 앞두고 문득 기억하게 되었습니다. 별자리 운세 같은 것에 워낙 관심이 없다 보니 인지하지 못했는데, 양이라는 동물과 그림이 이렇게 엮이게 될 줄은 몰랐습니다. 2015년은 산양자리에 양 그림을 그리는 내가 양띠 해를 맞는 것이니 뭔가 엉뚱한 특별함이 느껴지기도 합니다. 게다가 우연인지 양띠 해에 태어난 딸도 갖게 되었지요. 바람에는 돈이 들지 않으니 좋고 특별한 해로 남았으면 하는 작은 소망을 가져 봅니다.

제 그림에서 양 머리 모양은 자신의 삶에 타인의 시선을 주입한 사람들의 이야기지요. 타인이 만들어 놓은 욕망 틀로 눈을 가리고 똑같은 양 머리를 하고 입꼬리를 올려 활짝 웃고 있지만, 애써 올린 입꼬리를 파르르 떨고 있습니다. 나라는 사람을 드러내는 수없는 가면들. 정답에 가깝게 살아야 한다고 피력하면서도 사실 정답에 맞추어야 하는 목적을 묻게 되면 분명 머뭇거릴 것입니다.

나를 말해주는 것은 곧 내가 가진 것들, 나의 외형. 역할극을 하는 가면을 오래 쓰다 보면, 가면과 자아를 혼동하게 되기도 합니다. 사회적인 역할이 될 수도 있고, 내가 구획해놓은 나라는 사람의 역할일 수도 있지요. 어렴풋한 기억을 이야기하다 보면 사실이 아닌 기억도 진실이 되고 기억은 재구성됩니다.

눈물을 흘리면서도 활짝 웃는, 아주 명랑한 소녀 캔디를 좋아하지 않았어요. 울고 싶으면 울 줄도 알아야죠. 극복하기 힘들면 때론 흘러갈 줄도 아는 게… 그냥 사람이잖아요.

그림에 꽃을 그립니다. 메멘토 모리(죽음을 기억하라), 우리가 피고 질 존재임을 기억해야 한다는 것. 결국 그렇게 우리는 피었다 저무는 순환의 일부라는 것. 화폭에 꽃을 그리며 어떻게 살면 가장 나다운 꽃으로 피어나고 소멸할 수 있을지를 생각합니다. 모든 감정은 절대 질량이 아닙니다. 감정이 나의 선택이듯 적절하게 꺼내어 나답게 맛보고 지나가면 되는 것이 아니던가요.

그래도 당신, 제 그림에서 종래 희망의 기별을 느끼길 바랍니다. 그리하여 타인의 삶을 살지 않고 스스로 살고 웃을 수 있는 법을 익혔으면 좋겠어요. 아니, 그건 저도 어려우니 다만 잠시 생각할 기회라도 되었으면 좋겠습니다.

당신, 누구의 삶을 살고 있는지요.